小学館文庫

王と后

（二）秘密の夜の秘密

深山くのえ

JN053916

小学館

目次

用語

千和【ちわ】
神話に由来する八家が支配する国。石途国、泉生国、穂浦国、弓渡国、安倉国、六江国、馬頭国から成る。

八ノ京【はちのきょう】
千和の都にして最も神聖な地。

術【わざ】
火や水、風や土などに類似する霊的存在を扱う特別な力。
八家の者だけが持つ。

天眼天耳【てんげんてんに】
「天眼力」「天耳力」を合わせて呼ぶ呼び名。心を鳥のように飛ばし、見聞きすることができる力。

火天力【かてんりき】
一嶺の者が使う術。火に類似する霊的存在を扱う

八家

【貴族六家】

天羽 あもう
※現在は八ノ京を離れている

明道 あけみち

一嶺 いちみね

浮 うき

繁 しげり

玉富 たまとみ

【神官二家】

小澄 こすみ

波瀬 はせ

登場人物
とうじょうじんぶつ

一嶺鳴矢
いちみねなりや

第六十九代千和王。次の王に予定されていた人物が成人するまでの"中継ぎ"の王と呼ばれる。火天力の術を使う。

天羽淡雪
あもうあわゆき

天羽の里で生まれ育った巫女。一嶺鳴矢の后に選ばれた。天眼天耳によって遠くの物事を見聞きすることができる。

明道静樹
あけみちしずき
先代（第六十八代）の王。

天羽空蟬
あもううつせみ
前后。淡雪の叔母。

繁銀天麿
しげりぎんてんまろ
次代の王とされる少年。

繁三実
しげりみつざね
第六十五代の王。

小澄藤波
こすみふじなみ
巫女。「乾の祝」の長。

一嶺公矢
いちみねきみや
一嶺家の長。

一嶺音矢
いちみねおとや
鳴矢の兄。故人。

百鳥真照
ももとりまてる
鳴矢の又従兄弟。蔵人。

浮希景
うきまれかげ
鳴矢の側近。蔵人頭。

竹葉紀緒
たけばきお
淡雪の世話係。掃司の尚掃。

貝沼伊古奈
かいぬまいこな
淡雪の世話係。掃司の典掃。

小田垣沙阿
おだがきさあ
淡雪の世話係。掃司の典掃。

砂子真登美
すなごまとみ
淡雪の世話係。兵司の尚兵。

坂木香野
さかきかの
内侍司の尚侍（長官）。

鳥丸和可久沙
とりまるわかくさ
内侍司の典侍（次官）。

序章　待つ女

大きな庭石に腰掛け、自らの膝に頬杖《ほおづえ》をついて、女は眼下に広がる畝を眺めていた。すでに今日の農作は終えているようで、畑には誰もいない。あたりは静かで、川の流れる音が微《かす》かに聞こえるばかりだ。

都ではとうに桜が咲いているだろうに、ここはまだ寒い。女は息を吐き、ちらりと目を上げて曇天を見た。風が吹きつけ、女の榛色《はしばみいろ》の髪が顔の半分にかかる。

視界の隅で何か動くものがあり、女はそちらに目を向けた。女のいる高台へ通じる坂を男が一人、ゆったりとした足取りで上ってくるのが見える。女は頬杖をやめて、丸めていた背を起こした。

上ってきたのは、女と同じくらいの年ごろ――三十半ばほどの男で、武具など何も身に着けていないのに、武人のような、大柄でよく鍛えられた体軀《たいく》をしている。

「——そろそろ終わりそう？」

男が坂を上りきったところで、女はほっそりとした首を伸ばし、声をかけた。男は少し面倒くさそうな表情で、眉根を寄せる。その左眉の真ん中あたりには、切れこみを入れたように眉毛のない部分があった。古傷の痕らしいが、どうしてできた傷なのか、女は聞いたことがない。

「退屈ですか」

「退屈だけれど、わたくしが文句を言える立場じゃないのはわかっているわ」

「そうですね。我々のこの苦労は、何もかもあなたのためですから」

「恩に着るわ」

女は申し訳なさそうに微笑《ほほえ》み、頰にかかった髪を指で払った。

男は女の横に立ち、誰もいない光景を見まわす。

「まがりなりにも故郷でしょう。こうまでして帰りたくないものですか」

男の問いかけに、女は声を上げて笑った。

「帰りたくないのよ。あなたたちに迷惑をかけてでもね」

「それなら仕方ない」

「悪いとは思っているのよ。あなたには特にね。——心配でしょう、こんなに離れているのは」

女は男を見上げたが、男の目は遠くに見える山々に向いていた。

「……あの方は本来、私が常に側《そば》で守らなくてはならないほど弱くありませんから」

「あなたがあの人を役目で守っているのじゃないことくらい、先刻承知よ。……わたくしだってね、こうしてずいぶん世話になってしまったから、何か役に立ちたいとは思っているのよ。あなたとは違う立場でね」

「それならあなたは、あの方の良き友人でいてください。あの方にはそういう存在が必要です」

「友人――」

男の横顔を見つめ、その言葉にそれ以上の含みがなさそうなのをたしかめてから、女はもう一度笑う。

「わたくしね、あなたともいい友人になりたいと思っているのよ？」

「私は結構です」

「あら冷たい。そんなこと言わないでよ。この旅についてきてくれたのだもの、もう一蓮托生《いちれんたくしょう》でしょ？」

「ぞっとしませんね」

「そういう正直な人、好きなのよ。大丈夫、あなたが悋気《りんき》を起こすようなことはしないから、仲よくしましょうね」

「……」

　男は前を向いたまま思いきり顔をしかめ――静かな景色に、女の笑い声が高らかに響き渡った。

第一章　赤い髪

窓の外の青々とした苔《こけ》や草。薄曇りの空。部屋の中の白い壺《つぼ》に生けられた桜の枝。手のひらで丸くなる、炎の色の小鳥。

目に映るのは、昨日と変わらない光景。

でも、今日から何かが変わろうとしているのかもしれない。

あの髪の色が。

美しい茜色《あかねいろ》だった、あの髪の色が変わったように。

その変化が何を呼ぶのか、見ておかなければいけない。この『目』で。これからいったい、何が起きようとしているのかを。

どうか、あの人にとって悪いことではないように。

何かが変わろうとしているなら、それが、良いほうであるように。

……わたしに、何ができる？
自分はいつも、ただ見ているだけ。ただ見守り、祈ることしかできない。
でも、そう、それだけはできる。祈ること。そして見ておくこと。
静かに、深く息を吸い、目を閉じる。
手の内に、ほのかなぬくもりを感じながら。
淡雪《あわゆき》は『目』を開けた。

千和《ちわ》の都は八ノ京《はちのきょう》の北部に位置する宮城の、中でも最も大きな建物が朝堂院だった。各役所から官吏が出向き、政の様々な案件を集約、報告し合うところであり、また四位の参議から一位の大臣までが王《おおきみ》の前で顔をそろえ、献策されてきた諸問題のうち蔵人所《くろうどどころ》で裁可しきれない特に重要な事象について意見を出す、合議が行われる場である。
そして普段は十日のうち七日ほど、朝から昼までのあいだで開かれる合議が、今日は昼をだいぶすぎてから招集されたのは、王の髪の色が変わった——という一報が、貴族七家のあいだを駆けめぐった結果で、それは淡雪が王である一嶺鳴矢《いちみねなりや》の后《おおきさき》としてこの都へ来てから、十七日目のことだった。

古来神々によって与えられた力を拠《よ》りどころとして千和を治めてきた、天羽《あもう》、明道《あけみち》、一嶺、浮《うき》、繁《しげり》、玉富《たまとみ》、小澄《こすみ》、波瀬《はせ》の八家。貴族である六家が交代で王を輩出、神官の役目を担う二家がそれを承認するという、長年の慣習が崩れたのは、いまから七十年前だ。

決して都を離れることがなかった八家の本家の中から、貴族である天羽家の一族が都を出て、石途国《いわとのくに》の山里へと移ったのだ。

理由は、はっきりとはわからない。一存で一族を引き連れ都を離れてしまった当時の天羽の家長は、その詳細を知っていたはずだが、周囲に正しく語ることのないまま没してしまったため、いまとなっては天羽の里でも都でも、伝わる理由はすべて憶測でしかなくなってしまっている。

理由もあやふやなまま、しかし天羽家は雪深い山里に留《とど》まり続け、都で使われる『術《わざ》』――神から与えられた八家の力の安定のため、王の代替わりのたびに天羽家から娘を一人、后兼巫女《かんなぎ》として送るという、それ以外の関わりを拒んでいた。

そんな長年の隔絶で、都の七家ももはや天羽に良い感情は持っておらず、いまでは后は名ばかりの存在、厄介な人質同然の扱いで、後宮の館に閉じこめられている。

自由に動けるのは、后の住まいである冬殿の敷地内だけ。

だから、外で何か起きていても、見にいくことはできないのだ。

昨夜――冬殿に、手癖の悪さで後宮の女官を辞めさせられた元典《かしわでのすけ》膳とその兄たちが侵入し、盗みを働こうとして、その現場を目撃した淡雪が殺されかけた。だが、駆けつけた鳴矢が、自らの火天力《かてんりき》の『術』を使って淡雪を守ってくれたため、盗人《ぬすびと》たちは捕らえられ、大事には至らなかった。

ところがそのとき盗人たちに使った『術』の強力さが、鳴矢の髪の色をより鮮やかな赤色に変えたのだと、淡雪は先ほど、内侍司《ないしのつかさ》の尚侍《ないしのかみ》、香野《かの》から聞かされた。

強い『術』を使えば、髪の色が変化するのはあり得ることだ。たしかに八家に生まれた者にとって髪の色は、どれだけ強い『術』を使えるのか、その力を外見的に示す指針となるものだが、そもそも基本的に力が人より強く、『術』をよく使いこなせる者でなければ王には選ばれない。鳴矢は以前にも強い『術』を使ったことがあるらしく、そのためかなり強い力を有する証《あかし》である茜色の髪となり、それで王の候補に入ったのだという。

もともと力の強さを表す茜色の髪だった鳴矢が、さらに強い色の髪になったとて、何の問題もないように思うのだが、香野は「変わりすぎた」と言った。

それは赤い髪の中で最も赤く、最も強い、真朱色《まそほいろ》だと。

王の髪の色が、最も強い色になった。それで臨時の合議が開かれるとは、政のうえで何か意味があるのか。何が重要なのか。淡雪には、よくわからない話だった。

わからなければ『見る』しかない。

この、秘する『術』――天眼天耳《てんげんてんに》の力で。

淡雪は冬殿の一室で昼寝をするふりをしながら『目』を開け、合議に臨もうとしている鳴矢の姿を追っていた。

……さっき、在位とか次の王とか言っていたわね。

鳴矢は千和の六十九代目の王だが、鳴矢の任期は、すでに内定している七十代目の王が元服する五年後までと決まっている。次の王の髪は、完璧な銀色をしているのだそうだ。しかし鳴矢の側近である蔵人頭《くろうどのとう》の浮希景《まれかげ》は先ほど、王の資質の根拠を髪の色とするならば、完璧な銀色と、現在の鳴矢の髪の色――完璧な真朱色とは、まったく同等となる、と語っていた。

鳴矢は周囲から、「中継ぎ」の王と見られていた。次の王が即位するまでの、ただのつなぎの役目であると。その状況が変わるのではないか、と。

それが鳴矢にとって良いことなのか、そうではないのか。

鳴矢は足早に朝堂院の廊を歩いている。その後ろには希景がついてきていた。途中までは蔵人の百鳥真照《ももとりまてる》も一緒だったが、合議に参加できるのは四位以上の官人に限られるらしく、五位の真照は蔵人所に戻っていた。

鳴矢が広間の前で足を止める。控えていた衛士《えじ》たちが、すかさず扉を開けた。

中に入る鳴矢の背中にくっつくようにして、淡雪の『目』も追う。鳴矢は一段高い場所にある玉座に腰を下ろし、そのすぐ横に希景が立った。

「皆様、お集まりですね。……祝《ほうり》の長《おさ》たちも」

言いながら、希景が一同を見まわす。

これまでにも何度か合議の様子を覗《のぞ》いたことはあった。広間の後方に五人の参議の席、中ほどに三人の中納言と四人の大納言、そして玉座の最も近くに左右の大臣の席があり、総勢十四人が七人ずつで向かい合う形に机が並べられている。

今日はそこへ、左右の大臣よりもさらに玉座に近い場所に席が作られ、白い礼服に朱華色《はねずいろ》の領巾《ひれ》の巽《たつみ》の祝の長、同じ礼服に葡萄色《えびいろ》の領巾の乾《いぬい》の祝の長が、それぞれ座っていた。

「当然だ。髪の色を判じるのは、祝の長でなければならない」

左大臣の横にいる白髪まじりの鈍色《にびいろ》の髪の老女が、声を張り上げる。巽の祝の長、波瀬有明《ありあけ》だ。

「とは言え、我々が判じるまでもないでしょう。見ればわかることですから」

有明の向かいに座る、落栗色《おちぐりいろ》の髪の四十歳ほどの巫女――鳴矢の母方の親戚であるという乾の祝の長、小澄藤波《ふじなみ》が苦笑まじりに言い、横目でちらりと鳴矢をうかがう。

「先だって月例祭で見たときとは、明らかに色が違います。より赤みの強い色です」

「そうだからとて、これがまぎれもなく真朱色であるとは言い切れまい。藤波、おぬしは真朱色の髪を見たことがあるのか」

有明の言葉に、藤波は首を傾《かし》げた。

「いえ、ないですね。そもそも赤い髪自体、少ないわけですし、その中でも最も強い色となれば、さらに珍しいでしょう。……そう言われる有明姫はいかがです」

「……」

藤波に問われるも、有明は眉間を皺《しわ》めて黙りこむ。

その様子を見て、斜向《はすむ》かいの席の、肥えた体軀に二位の深緋色《ふかひいろ》の袍《ほう》をまとった四十幾つかほどの年の男が、肩を揺すって笑い出した。あれはたしか、大納言の玉富常郷《つねさと》だ。

「何だ、巽の長も見たことはないということか。それでどうやって判じると？」

明らかな嘲笑に、有明は常郷に鋭い目を向ける。

「いや、ならば、見たことがない色だからこそ、真朱色だと言えるのではないか？」

今度は落ち着いた口調で、藤波の隣りに座っている五十歳手前くらいと見える男が言った。一位の黒色の袍。右大臣の浮有景《ありかげ》だ。希景の父親らしく、顔立ちはよく似ている。

「真朱色より前は茜色だというが、茜色ならばここにいる御一同、見たことがあるだろう。鳴矢王も昨日までは、茜色の髪だった」

「まぁ、茜色なら、そうだな。鳴矢王以外にも――かなり昔だが、我が家にもいた」

年は四十半ばほど、厳《いか》めしい四角い顔に、顎に短い鬚《ひげ》を生やした大納言の波瀬永海《ながみ》が、ゆったりとうなずいた。

「なるほど。茜色が誰も見たことのない色に変じたということは、それすなわち真朱色、ということか」

特徴的な山形の眉、人懐こそうな面差しの四十ちょうどくらいと見える男、こちらも大納言の明道敏樹《としき》が、腕を組んでつぶやく。

「年をとって白髪となることはあっても、一度変じた色が戻るということはないですからね。強さを増したときにしか、変じることはありえない。だとすると、王の髪の色は真朱色だと言える根拠にはなりそうだ。――ああ、そういえば、音矢《おとや》も茜色の髪でしたね、一嶺殿」

敏樹のその言葉に、それまで伏し目がちに黙していた、大納言の中では一番若いと思われる、鳴矢にどことなく似て目鼻立ちのはっきりした、だが鳴矢よりはずいぶん陰気そうに見える男が、ゆっくりと顔を上げた。一嶺公矢《きみや》。鳴矢の父親だ。

「……ええ、まぁ」

公矢はそれだけ応えると、また黙りこむ。

そういえば、いつの合議を覗いていても、この一嶺公矢が積極的に発言するところを見たことがなかった。大納言以上の中で最も年若いからか、王の父という立場ゆえあえて遠慮しているのか、はたまた生来寡黙なのか、理由はわからない。

「繁殿は、どう思われる」

玉富常郷に話を向けられ、有明の横に座っていた五十近い男が、びくりと肩を震わせた。左大臣の繁武実《たけざね》だ。前髪が後退しているためか額が広く、この中で最も年長のはずなのに、いつもどこか人の顔色をうかがっているような、自信なげな面持ちをしている。

もっとも左大臣にしろ右大臣にしろ、自信や能力でその地位にあるわけではない。貴族六家の家長が、年齢順に左右大臣と大納言の席に就いているだけなのだそうだ。

「……私は、祝の長たちの判断に、任せようと思う」

左大臣の言により、話は再び有明と藤波に戻された。

「私は、真朱色と判じます」

先に藤波が、高らかに言い切った。有明はむっとしたように顔をしかめたが、一拍置いて、やはりはっきりと告げる。

「真朱色であると言って、差し支えないだろう」

広間が、微かにざわついた。大納言以上の議論が終わるまで発言を許されていない中納言と参議たちが、席の近い同士で、何かひそひそと話し合っている。

この間、玉座の鳴矢はまるで他人事《ひとごと》のような表情で、何もない空を見つめていた。

だが祝の長二人が自分の髪を真朱色だと認めたのを受け、軽く息をついてもぞもぞと姿勢を正す。これは合議の終盤になると、鳴矢がよく見せる動作だ。そろそろ帰れそうだと見て、背筋を伸ばして座り直しているようなのだが。

「──つまりは、鳴矢王と繁殿の息子とに、力の差はないということだな」

ふいに、玉富常郷の野太い声が響いた。低くざわついていた広間が、静まり返る。

「それはそうだが、次の王はもう決まったのではなかったか」

波瀬永海が、少し警戒するような表情で常郷を見た。

「鳴矢王の在位五年という期間は、歴代の王と比べて短いというわけでもなかろう。五年で次の王に交代するというのは、妥当だと思っていたが？」

「たしかに期間は長くも短くもないが、来歴のことは以前、話題になったな」

永海の発言を受けて、浮有景が口を開く。

「次の王──繁家の銀天麿《ぎんてんまろ》か。幼少から完璧な銀髪は不自然ではないか、十歳以前に強力な『術』を使うようなことがあったのかと。今回、鳴矢王が真朱色の髪に変じた理由は盗賊退治とはっきりしているが、銀天麿はそこが……」

「銀天麿の髪は、生まれつきだ」

有景の話を、繁武実がいささか上ずった声でさえぎった。だが、その視線は正面の有景ではなく、自分の机の上に落ちている。

「生まれつきだ。……だから幼名を、銀天麿とした」

「……と、以前も繁殿が言っておられましたね」

明道敏樹が、口の端をわずかにゆがめて笑った。

「これでは七十代目の王を定めたときの議論を、ただ蒸し返すだけになってしまいますよ。こういう場合の前例はないんですか？」

敏樹の前例という言葉に、皆の目が有景に集まる。過去の事例に最も精通しているのは浮家、という認識は一致しているようだ。

「私の知る限り、まず王の髪の色が在位中に変じたと言う話自体、今回が初めてだ。そういう意味では、前例がない。同じ力の髪の色二人、どちらを王にするかでもめたことはあったというが、そのときは神の声を聞くべしと、小澄家の占いの結果で決めたそうだ」

「では、今回も何かあれば、占いの結果次第ということになるんですかね。――何かって、何だろうな」

自分で言っておきながら、敏樹は首をひねる。

「鳴矢王が五年を超える在位を望むのであれば、その『何か』に当たるのかもしれないが、そもそも五年の在位を条件とした即位であったわけだしな。いまの時点では、何か起きようもないだろう」

有景が言い、一同を見まわした。

「今日はひとまず、髪の色の確認ということでいいのではないか。繁殿、いかがか」

「……そうだな」

武実が首肯し、他の面々もうなずき合う。

「では、臨時の合議はこれまでとしよう。祝の長たちも御苦労だった。中納言以下で意見や疑問のある者は、蔵人所に伝えておくように。明日の合議の議題とする」

左大臣のほうが上位であるはずだが、合議はいつも、右大臣の有景が締めていた。それで武実が不満そうな素振りを見せたこともないので、そのように決まっているのかもしれない。

終了が告げられると、鳴矢は無言で立ち上がり、玉座から降りて広間を出ていく。付き従う希景も下がると、合議に参加の者たちは三々五々、離席して別の出入口から退出していった。

合議が終わる間際、鳴矢が少し考えこむような表情をしていたことが気になって、淡雪は廊を歩くその姿を追った。より鮮やかになった髪が、風に吹かれてなびいている。

「……やっぱり、意味のない合議だったな」

蔵人所の建物まで戻ったところで、鳴矢が早速ぼやいた。

「王の髪の色を確かめたいだけだったようですね」

「だから明日でいいだろって言ったんだよ……」

「しかし、玉富殿はまだ次の王に納得がいっていないようでした」

鳴矢が足を止め、希景を振り返る。

「浮殿も、そんな感じに見えたけど？」

「ええ。父が言ったように、白銀色の髪の来歴に疑問があると、以前の合議で話題になったのは事実ですので」

「銀天麿だっけ？　でも生まれつきなんだろ」

「確認がとれていません」

希景は淡々と返事をした。

「そう言っているのは父親である左大臣と、繁家の関係者だけです。幼少の銀天麿を見たことがあるという他家の者は、いまだに見つかっていないのです」

「……幼少って、何歳ぐらい？」

鳴矢が眉根を寄せ、声を低くする。

「繁銀天麿が他家の者の前に姿を見せるようになったのは七、八歳ごろからで、そのときにはすでに見事な銀髪だったそうですが、それ以前にどうであったかは、繁家に仕える者たちの証言しかありませんでした」

「それで充分なんじゃないのか？　他の家に呼ばれて出かけたりするのなんか、子供のうちはあんまりないだろ」

「そうですね。ですからその点は当初あまり問題にならず、一度は次の王としてすんなり内定したわけですが、あとで参議の一人が、銀天麿は幼少時に都で育っていないらしいという噂《うわさ》を報告してきまして」

「……ん？」

　鳴矢の眉間の皺が、さらに深まった。

「銀天麿は末子、それも後妻の子だそうですが、たとえそうでも八家の家長の息子が都の外で育つことなど、普通はありません。それで合議の議題になったようですが、左大臣曰《いわ》く、銀天麿の生母が馬頭国《めずのくに》の出なので、生母の親に孫の顔を見せるために、たびたび行かせていたと」

「んん……？」

　鳴矢が首をひねるのも無理はない。馬頭国といえば、千和の中でも最も南にあり、陸を移動しようとすれば海峡を二回渡らなくてはならないというし、海路を選択しても潮の流れで難所があり、船旅は容易ではないと聞く。生母が地方の出身ということは、八家の姫ではないはずだ。身分の劣る母の身内のために、幼子に何度も大変な旅をさせるとは、にわかには信じがたい。

「はい。左大臣のその説明に説得力がなかったため、逆に疑念が生じまして」

「……それで、来歴がどうのって話になったのか」

「左大臣は、偽りなどではない、の一点張りだったそうですが」

希景の声も、幾らか抑え気味になっていた。

「俺は、次の王は満場一致で決まったって聞いてたんだけどな」

「満場一致だったのは本当でしょう。何しろ完璧な銀髪で、これより王にふさわしい髪の色はないと、祝の長たちも納得していたといいますから。一度は文句なしの満場一致で決まったからこそ、来歴に不自然な点が出てきても、決定が覆るには至らなかったというわけです。ただ、幼少時の疑念から、実は生まれつきではなく、馬頭国で力を使うような何かがあって、銀髪になったのではないかと——たしか玉富殿が言い出したと、当時の記録に」

「ああ、今日も何か突っかかってたな、玉富が」

「玉富殿は繁殿とはそりが合わないようだと、父が言っていました。玉富殿の妹君が繁殿に嫁いでいましたが、その妹君が亡くなって以降、どうも不仲になったと」

「じゃあ、次の王に不服があるとかじゃなく、左大臣が気に食わなくて文句つけてるだけってこと？」

「おそらくは」

「何だ、馬鹿らしい……」

がくりと頭《こうべ》を垂れ、鳴矢が大きく息を吐く。それまで無表情に話していた希景も、少し眉を開いた。

「そんなものです。実際、どれだけ潜在的に強い力を持っていても、それを披露する機会はほぼありません。重要なのは人前に姿を現したとき、ひと目で強い力を持っていると示せる見た目です。人とは違うあの髪の色こそ王たるゆえんだと、誰もが納得できるわかりやすさです。だから来歴など、二の次でいい」

「……まぁ、それは俺もわかってるよ」

希景のある意味身も蓋もない言い方に、鳴矢は口を尖《とが》らせつつ、頭の後ろで結んだ自分の髪を引っぱる。

「とはいえ、完璧な銀髪と完璧な真朱色がそろった場合、二の次だった来歴が問題視されてくることはあるかと」

「いや、ないだろ？　玉富が突っかかったのはそこが理由じゃないっていうなら」

「最も来歴を問題視しているのは、おそらく我が浮家です」

「……何で」

鳴矢が腕を組み、いぶかしげに希景を見た。

「単純に気味が悪いです。左大臣の説明は、どう考えても不自然でした。我が家の者は皆、そのような不自然な事象があれば、解明したくなる質《たち》でして」

希景は、ぴんと背筋を伸ばして答える。

「さすが、歴史を重んじる家だな」

「この件も正しく記録しておく必要があります」

「浮家は立派だ。うちなんか昔から武の家だから、今日日役に立つことなんかない」

「それは世の中が平らかな証しです。結構なことですよ」

「まぁ、それもそうか」

苦笑しながら鳴矢が踵《きびす》を返し、蔵人所のある建物の外通路を通り抜けようとしたときだった。建物の扉が開き、浅緑色の袍の青年が顔を出す。百鳥真照だ。

「あっ、王、蔵人頭、ちょうどよかった。お話が」

「ん？　どうした？」

「あの、いま使者が……」

真照は素早くあたりをうかがい、鳴矢たちに手招きした。その片方の手には、何かの紙と木簡を数本持っている。

鳴矢と希景は顔を見合わせつつも沓《くつ》を脱いで階《きざはし》を上がると、蔵人所の中に入った。

淡雪の『目』も、そのままぴたりとついていく。

「すみません、ちょっと内密で。……前の后のことなんですが」

「は？」

前の后――ということは。

「静樹《しずき》王の后の、空蝉《うつせみ》姫ですよ。先だって、いまの后と入れ替わりに天羽の里へ帰った……」

先代の王、明道静樹の后だった空蝉姫のことだ。

「ああ、前の后な。淡雪じゃなくて。前の后がどうしたって？」

「行方知れずなんだそうです」

真照の言葉に、希景のほうが表情を変える。鳴矢はまだ、きょとんとしていた。

行方知れずとは――穏やかではない。

そういえば、自分が天羽の里から八ノ京へ上ったときに空蝉姫も都を出たというが、途中ですれ違ったという話は聞かなかった。

「それはいつ、どこから来た報告か、正確に」

「あ、はい。お二人が合議に行かれたあとなんですが……」

真照は少し声を落とす。

「報告してきたのは、院司《いんのつかさ》です。静樹王の」

「梅ノ院の院司か」

「はい。空蟬姫の天羽の里への移送は梅ノ院の院司が取り仕切っていますから、こちらとしては一任してそのままだったんです」

院というのは、たしか宮城を囲むように建てられている、六つの屋敷のことだったはずだ。退位した王の住まいや外国からの特使の宿泊施設に使われていて、それぞれ桜ノ院とか藤ノ院とか、名づけられているという。

前の王も退位して、そのひとつに移ったのだろう。愛妾《あいしょう》がいれば共に暮らすこともあるらしい。だが、もちろん天羽の里に帰される「后」がそこに入ることはない。

「天羽の里までは順調にいけば片道十日ほどですので、あと数日もすれば、空蟬姫を送り届けた者たちが戻ると思っていたんですが、先ほど伝令の早馬が来まして、それによると一行は、初め空蟬姫が車酔いを起こしたため、牛車《ぎっしゃ》を遅めに進ませていて、十四日かけて石途国の豊女《とよめ》まで行ったんですが」

「悪い。俺、あんまり石途の地理に詳しくないんだ。豊女ってどのへんだ？」

「えー……ここです」

真照は手にしていた紙を広げて、鳴矢に見せる。紙は石途国の地図だったようで、街道と地名、山や川などが簡単に記されていた。

「ここが豊女。で、この石途の真ん中あたり……山の中にあるのが、天羽の里です。

天羽の里に一番近い駅が藍沼《あいぬま》で、この藍沼で天羽の者に空蟬姫を託す予定だったんですが、藍沼と豊女のあいだに白帯川《しらおびがわ》っていう川があるんですよ。橋がなくて舟で渡るそうなんですけど、渡っている最中に、空蟬姫が舟から転落したって……」

「——川に落ちたのか？」

鳴矢が目を見開いて声を上げる。淡雪も危うく、本当の目を開けそうになった。

「いや、待て待て。それじゃ……」

「前日の雨でかさが増して、流れが速くて助けられなかったそうです」

「……」

三人が苦い顔を見合わせる。重い沈黙がしばらく続いた。

ややあって、希景が口を開く。

「……天羽の里への報告は？」

「同行の院司の者二名がそのまま藍沼へ向かったそうですので、その二名が知らせたと思います。あとの者は豊女に残り、しばらく空蟬姫の捜索を続けると。うち一名が帰京して、その足でここへ知らせにきたんです」

「そうか」

うなずいた希景の横で、鳴矢がきつく眉根を寄せ、息をついた。

「気の毒に。……空蟬姫って、どういう人だったんだろうな」

「香野が女官たちから聞いた話ですけど、空蟬姫はわりとはっきりものを言う人で、だから女官たちの中でも好き嫌いは分かれていたみたいです。仲が良かった女官は、このことを聞いたら悲しむでしょうね」

「ああ、それじゃ……」

そのとき近くで物音がして、淡雪ははっと目を開ける。同時に『目』は閉じられた。

建物の裏手で幾つかの足音がする。女官たちだ。気づけば夕刻になっていた。

淡雪は手のひらにいた小鳥を天井へと飛ばし、長椅子から立ち上がる。

「失礼いたします。后、湯浴《ゆあ》みの時間ですので……」

「ああ、はい。いま行くわ」

入ってきたのは兵司《つわもののつかさ》の尚兵《つわもののかみ》、真登美《まとみ》だった。いつも湯を使うときは、兵司の誰かが外で見張りに立ってくれている。

「昨日は兵司のみんな、大変だったでしょう。少しは休めたかしら」

湯殿に向かう途中でそう言いながら振り返ると、後ろからついてきていた真登美は眉を下げた。

「はい。こちらは問題ございません。一番大変でしたのは、后でございましょう」

「わたしは何も……。ぼんやりしているうちに、全部片付けてもらってしまったし。あのあとはよく寝たもの」

思いのほかよく眠れたのは本当だ。……たぶん、鳴矢の添い寝のおかげだろうが。

「それはようございました。皆、后のことを案じておりましたので」

「わたし、結構図太いのよ。だから大丈夫」

淡雪は真登美に笑ってみせ、湯殿の戸を開けた。中に衣を脱ぐ小さな部屋があり、そこで髪飾りを外し、脱いだ衣を衣箱に入れておく。そうしておけば入浴中に掃司《かにもりのつかさ》の女官が、いつも次に着るものと換えてくれていた。

奥の戸を開けると、むっとする湯気があふれ出てくる。石造りの湯殿には、近くの山から引いているという温泉の湯がはられ、常に流れる水音が響いていた。

明かり取りの小さな窓ひとつしかない暗がりの中で、少し熱めの湯につかり、淡雪は先ほどの鳴矢たちの話を思い出していた。

前の后――空蟬姫が雨で増水した川に落ちた。

自分が天羽の里を出て舟で渡ったときには、白帯川は穏やかな流れだった。しかし渡し舟はそれほど小さくはなかったはずだ。あのときはたしか一艘《そう》に船頭含め五人で乗ったが、まだあと四、五人は乗れるという話を聞いたように憶《おぼ》えている。それでも無理をして大勢で乗るようなことは、船頭がさせていなかった。

それなのに何故《なぜ》、空蟬姫だけが落ちてしまったのか。それも藍沼まで目と鼻の先というところで。――あと少しで、天羽の里というところで。

……帰りたくなかった……？

唐突に思いつき、淡雪はびくりと肩を揺らす。湯が大きく波立った。

いや、まさか。いくら帰りたくなくても、自ら川に身を投げることなど、さすがにないだろう。

だが空蝉姫が帰りたくないと思ったとしても、それは不思議ではなかった。空蝉姫にとって、冬殿での暮らしが楽しかったかどうかはわからない。しかし天羽の里での巫女暮らしが楽しいものではないことは、よく知っている。

幾年《いくとせ》を経ても、生まれくる者と死にゆく者以外ほとんど変わらない里の面々。毎日祈りを捧《ささ》げながら、いつのまにか何に祈っているのか曖昧になる巫女の日々。

天眼天耳の『術』があればこそ絶望的な退屈はまぬがれたが、覗き見るのも結局は変わらない人々の決まりきった日常と、その中にひそむ薄い喜びとどろりとした妬みや悲しみ。それが嫌になってたまには遠くを見ようとしても、覗き見られるのは力の限界で、天高くから見渡せるはるか遠くの景色か、細い山道を抜けて里から出た先の何もない野原だけ。

里の外に興味を持つのはいつも子供たちばかりで、山道をこっそり抜けようとしては大人たちに見つかって連れ戻される、毎年そのくり返し。子供の足で行ける距離などたかが知れていると思うが、毎度確実に子供たちが捕まるのは、巫女の中に自分と同じ『鳥の目』を持つ者がいて、誰に教えられたわけでもない正義感から、率先して見張っているからだ。天眼天耳の『術』が使えても、力が弱くあまり遠くまで見ることができない巫女は、近所を見ることしかできなくて、そういう使命を勝手に見出《みいだ》したりもする。

空蟬姫がどんな『術』を持っていたのか、あるいは持っていなかったのか、それは知らない。だが自分と同じように幼くして巫女に選《よ》り分けられ、さらに后候補にもなって、実際に后として送り出されたということは、何かしらの力を持っていた可能性は高い。

それに何といっても、空蟬姫は母の妹――つまり、自分の叔母にあたるという。

何かしらの力を持つ者の血縁は、やはり似た力を持つことが多い。母は天眼天耳の力を持ってはいなかったらしいが、母の妹が持っていたとしたら、その力が姪《めい》のほうに渡ることもあるのかもしれない。

……一度くらいは、会ってみたかったけれど。

叔母と姪、同じ巫女といえども、空蟬姫に会ったことはない。叔母にあたる人物がすでに巫女の館にいるということは、母から聞かされただけで。

いや、『見た』ことならある。本当は。

自分が五歳で巫女に選り分けられたとき、十六歳上だという空蟬姫もすでに巫女の一員として、里の人々と隔てられた生活をしていた。それでも空蟬姫がただの巫女だったなら会うこともできただろうが、その時点ですでに后候補となっていた空蟬姫とは暮らす住まいが別で、同じ神事に出ることもなかった。

后候補の住まいも、何度か『目』で見た。だから間違いなく見たことはあるはずなのだ。しかしそこにいた后候補の巫女たち十何人かの中の誰が自分の叔母なのかは、結局わからずじまいだった。

巫女の生活の中で自分の自由にできる時間、すなわち『目』を使える時間は限られている。その限られた時間の中で見た后候補の巫女たちは、互いの名を呼び合うこともなく、とても静かで、そして皆、似たような顔をしていた。

もちろんそれぞれ容姿は違う。だが、何というか、同じように見えるのだ。

顔色は青白く、表情はとぼしく――

それは、きっとその後に后候補となった自分も、あの館の内で、そんな顔になっていたのだろうが。

空蟬姫が后として都へ旅立ったと聞いたあとにも后候補の館を覗いたが、いなくなった顔を思い出すことはできなかった。とうとう叔母の記憶は不確かなままだ。川に流されたと知っても、面影を悼むこともできない。

もう、姉である母に、この話は伝わったのだろうか。もっとも姉妹とはいえ、空蟬姫も幼いころに巫女に選り分けられたのだろうから、交流などほとんどなかったかもしれない。自分とて巫女になって以後、母以外の家族とは、ただの一度も会っていないのだから。

誰もかれも——天羽の巫女は孤独だ。家を離れ、巫女同士で親しむこともなく。同じ閉ざされた生活なら、女官たちが朗らかに世話をしてくれるここでの暮らしのほうが、だいぶ張り合いがある。

……わたしも五年で戻らなくちゃいけないのよね。

ここに来たばかりで、先のことはあまり考えたくはないが。

五年とは、長いのか短いのか——

「あの……后？」

湯殿の戸の向こうから、真登美の声がした。

「えっ。あ、何？」

「いえ、すみません。いつもより長く入っておいでだと思いましたので」

「……ああ、そうだった？」

長湯を心配してくれたのか。些細《ささい》な気遣いに、淡雪はほっと表情を緩める。

「ちょっとぼんやりしていたわ。もう出るから」

「湯あたりされていなければ、いいのです。失礼いたしました」

「大丈夫よ。ありがとう」

湯から上がりつつ、淡雪はふと、先ほど見た合議での鳴矢のことを思い出した。

王だというのに発言の機会もなく、話題の中心になっているはずなのに、誰もその存在をかえりみない。女官たちが親切にしてくれているぶん、后である自分のほうが恵まれているとさえ思えてしまう。

この国にとって――いや、七家にとって、王とは何なのだろう。

湯帷子《ゆかたびら》で水気を取って体を乾かし、身支度をして湯殿を出ると、真登美が少し安心したような表情を見せた。

「もう夕餉《ゆうげ》が運ばれておりますよ」

「そうね。充分あたたまったけれど、遅くなってしまったわ」

「やはりお疲れなのでございましょう。今夜はゆっくりお休みください」

「ええ、そうするわ……」

言いながら、淡雪はいつもの部屋に入ろうとする。その眼前を、青白いものが音もなくよぎった。

……あの色は……。

淡雪は何事もなかったかのようにそのまま歩を進めつつ、視線だけでその青白いものの動きを追った。

まだ部屋に入っていなかった背後の真登美にも、すでに室内にいて夕餉の支度をしている掃司の女官たちにも、気づかれてはいなかったはずだ。一瞬だけ淡雪の目の前に降りて、すぐに天井近くへと戻った、羽音のない小鳥の姿は。

そして、さっきまで炎の色をしていたその小鳥が、青白く色を変えていたことも。

羽の色の変化は、今夜ここへ鳴矢が来るという合図だ。

ゆっくり休めそうにはない。淡雪は誰にも気づかれないよう、微かに苦笑した。

「……ごめん。また来るとは言ったけど、まさか俺も、こんなに早くとは……」

鳴矢が冬殿に忍んできたのは、女官たちが退出して間もなくだった。

これから鳴矢が来るから着替えたいと女官たちに言うわけにもいかなかったため、淡雪は夜着の上に袿《うちぎ》を羽織っただけの格好を気にしていたが、鳴矢のほうも夜着に衣一枚引っかけただけの姿だった。

もっとも、これまでも夜に会ったときはお互いこの程度の様相だったので、もはや体裁はあまり考えなくていいのかもしれない。

「いえ。今朝、香野さんから王の髪のことを聞いて、気になっていましたから……」

「そうなんだよ。香野が、淡雪にもう伝えたって言うから。何か、大げさに思われてるんじゃないかって」

鳴矢は結っていない髪を無造作にかき上げ、困ったように眉を下げる。

「……髪の色が変わるのは、大ごとなのでは？」

「いや〜？　力使えば、そりゃ変わることもあるっていうだけの話だよ。何か臨時の合議とか開かれたけど、騒ぎすぎなんだよな」

「そう……ですか？」

淡雪は首を傾げ、鳴矢の頭を見た。頭上には例のごとく鳴矢が『術』で出している炎の塊があるので、夜の室内にしてはかなり明るいが、その炎の色が映ってしまっているため、髪の色はよくわからない。

昼間『目』で見たが、自分の目でも変わった色をちゃんと見てみたかったのだが。

「……髪の色を見られるのは、次の神事のときですね」

「ん？」

「ここでは、色がはっきりしません」

「ああ、昼間じゃないとわからないか。……色、興味ある？」

鳴矢は自分の髪をひと房摘《つま》み、ひらひらと振ってみせる。

「はい。赤い髪自体、天羽の里ではほとんど見かけませんでしたから、あなたの髪はとてもきれいだと思っていました。……思っていたのは、変わる前の色ですけれど」

「え、そう？　それじゃ、変わらないほうがよかったのにな」

そんなことはない。『目』で見た新しい色は、さらに美しかった。いま、それを伝えることはできないが。

「それは、いまの色も見てみませんと、何とも……。昼間見られる日を楽しみにしています」

そう返すと、残念そうな表情で自分の毛先を指に巻きつけてもてあそんでいた鳴矢は、ぱっと目を見開いて髪から手を放した。

「昼間、逢《あ》おう」

「えっ？」

「神事はまだ先だし、その前に。昼すぎなら時間あるから」

「……内侍司に見つかりませんか」

「う」

香野なら見逃してくれそうだが、典侍《ないしのすけ》の和可久沙《わかくさ》や、和可久沙に近い女官は、絶対に許さないだろう。それに内侍司以外にも、昼間はあちこちの女官が、後宮内を行き来している。掃司や殿司《とのもりのつかさ》、兵司のように、ある程度気心が知れた女官なら理解もしてくれようが、他の司に天羽の女を嫌っている女官がいないとは限らない。

「いや、典侍がいないときを見計らってさ。このあいだだって、裏門まで桜を持ってくることはできたわけだし」

「あまり危ないことはなさらないほうが……。誰かに見とがめられて警戒が強くなれば、こうして夜に来られるのも難しくなるかもしれませんよ」

髪の色を見せるだけなら、急《せ》くこともないだろうに。

淡雪が微苦笑を浮かべると、鳴矢は腕を組み、唇を尖らせた。

「このことは、ちょっと考えておく。……ところで、今日は大丈夫だった？」

「何がですか？」

「いや、昨夜いろいろあったから。疲れただろうと思って」

「それは――」

そういえば突っ立ったまま話していたと気づき、淡雪は寝台を手で指し示す。

「わたしは一日ここにいるだけで、のんびりしたものですから、もう疲れはとれています。……あの、どうぞ、座ってください」

「あ、うん。……ああ、淡雪も」

「はい」

昨夜のように並んで腰掛けると、鳴矢がひとつ空咳《からせき》をした。

「疲れてないならいいんだけど。……俺、ここで寝ちゃったから、淡雪が狭くて寝にくかったんじゃないかって……」

昨夜いろいろ、の中には、そのことも含まれていたのか。

今朝、鳴矢に添い寝されているところを掃司の女官たちに見つかったときの気まずさがよみがえってきて、淡雪は思わず目を逸《そ》らす。

「寝にくくは、なかったと……思います。ちゃんと、朝まで休めましたし……」

「ああ、そう？　なら、よかった……」

いささか声が上ずって聞こえたのは、気のせいではないだろう。

だが鳴矢は、それから黙りこんでしまった。

昨夜たしかに抱擁までして、ひと晩一緒にいたというのに、今日は沈黙さえも妙に緊張する。

もしかすると、昨夜そこまでできたのは、盗賊に殺されかけるという、尋常でないことが起きたからで、何もない夜だったなら、ああいうことにはならなかったのかもしれないが。

だからといって——鳴矢とそこまで近づいたことを、後悔しているわけではない。

鳴矢は自分と親しくなりたいと、夫婦らしくなりたいと望んでくれている。現状、王と后が親密になることは表向き禁じられているのだから、王がそんな望みを持つべきではないし、后もそれに応えるなどあり得ない話なのだが、鳴矢が禁を破ってでも自分のために心を砕いてくれている、その想《おも》いを無下にはしたくなかった。

「あ……の、さ」

ややあって、鳴矢がようやく口を開く。

「俺、最初から淡雪と仲よくなりたいと思ってたんだよね。……もちろん、夫婦として、って意味で」

「……はい」

それは承知しているが。

「けど、それは、きっと時間がかかるんだろうとも思ってたんだ。知り合いの一人もいない、遠いところに連れてこられて、こんなところに閉じこめられてたら、仲よくなる気なんか起きないだろうって……」

淡雪は首をひねり、隣りにいる鳴矢の顔を見た。鳴矢は、うつむいて目をつぶっている。

「そう思ってたから、まさかこんなに早く、こうやって淡雪と話せるようになるとか、ましてや昨日みたいに、その……触れたり、一緒に寝っ……寝られるなんて、何ていうか……」

「がっかりしました？」

「えっ!?」

鳴矢が勢いよく見た。そこまで開けられるのかというほど目を丸くしている。

「そこは、もっと堅い女だと思っていたということですよね？　こんなに簡単に触れさせたり、ましてや床を共にするような、軽い――」

「ちがっ、違う違う違う!!　絶っっ対に違う!!」

両手と首をすごい速さで横に振る鳴矢の表情は鬼気迫るもので、淡雪は思わず上体をのけぞらせた。

「うれしかったんだよ！　ものすごくうれしいって言いたかったの！　え？　何その簡単？　軽いとか、そんなこと全っ然思ってないから！　いい!?　わかった!?」

「……は、はい」

「あー、びっくりした……。そんなこと思いつきもしなかったってのに……」

鳴矢は大きく息をつき、ぐったりと肩を落とす。

「わたしも……びっくりしました、いまの……」

「あっ、ごめん、大声出して。けど、本当だからね？　俺、本当にそんなこと考えてないからね？　ただうれしかっただけだよ？」

「はい。……はい、わかりました」

うなずくと、鳴矢はようやく安堵《あんど》の笑顔を見せた。その表情に、淡雪はふと、そういえば天羽の巫女の館では、誰かの安心した顔なんて見たことがなかった、と思う。

「……でも、あなたは誤解しています」

「ん？」

「わたし、天羽の里を好きでも何でもないですから」

「え」

鳴矢が体ごと淡雪のほうへ向いた。淡雪は、鳴矢のそのきょとんとした表情を見つめる。

「天羽の里にも天羽の人にも、愛着なんてないんです。本当に、何も」

「けど、家族とか」

「家族は――」

どう説明すればいいだろう。『目』で見ていたことを抜きにして、あの里でのことをわかってもらうには。

淡雪は少し視線をさまよわせ、そしてまた鳴矢を見た。

「……わたし、五歳までは、耶世《やよ》という名前だったんです」

「へぇ？」

「天羽の里では、姫名《ひめな》を付けられるのは巫女に選ばれた娘だけなんです。逆の言い方をすれば、巫女になったら姫名を名乗らなくてはいけません。わたしは五歳で耶世の名を奪われ、代わりに淡雪と名乗ることになりました。わたしは五歳で、生まれた家とも両親や弟とも離され、巫女の館へ入り……わたしの名前だった耶世は、そのすぐあとに生まれた、妹の名前になりました」

「……」

鳴矢の顔は、もうすっかり険しくなっている。

「淡雪という姫名は、別れる前に母が付けました。……どう思います？　この名前」

「えっ。きれいな名前だと思うけど。淡雪、色が白いから、よく似合うなぁって」

そんなふうに思ってくれていたのか。淡雪の口の端には、我知らず笑みが刻まれていた。

「あなたがそう思ってくれていたなら、救われます。これは、家族と縁を切るための名前ですから」

「えっ？」

「はかないでしょう？　淡雪なんて。すぐにとけて消えてしまうんですよ」

言いながら、あえてにこりと笑ってみせる。

「そういう慣例なんです。天羽の巫女に付ける姫名は、先のことを言祝《ことほ》ぐような名であってはいけない。家族に未練を持たせないよう、巫女の親は、娘と別れるときにはできるだけはかない名を与えるようにと。……抜け殻の空蟬。葉の落ちた冬木《ふゆき》。日暮れ時の夕影《ゆうかげ》。泡立ち砕け散る白波《しらなみ》。淡雪だけじゃありません。ここへ来たどの后も、みんなさびしい名前だったでしょう？」

「……」

鳴矢は絶句していた。

気のやさしい鳴矢にこんな話をすれば、心を痛めるに決まっている。だからあまり教えたくはなかったのだが、天羽の里がどういうところかを理解してもらうためには仕方なかった。

「一度巫女になっても、あとで家に戻れる子もいるんです。巫女は途中で后の候補になる者と、そのまま天羽の巫女でいる者とに分かれるんですが、ただの巫女のほうなら、辞めたくなったら辞められるんですよ。辞めた子は家に戻って、名前も戻して、結婚します。后候補に選ばれたら、后として都へ行くか、一生天羽の巫女でいるかのどちらかですけど——」

そこまで言って、淡雪は一度視線を外して苦笑する。

「后候補にならなかった子は、みんな辞めたがるんですよね。あたりまえです。巫女の暮らしなんてただ毎日神に祈るだけで、代わりばえしませんから。けれども、親が辞めさせてくれない子もいます。家から一人でも巫女を出せば天羽を名乗れるし、食べ物も薪も余分にもらえて、生活が楽になるし」

里の中で天羽を名乗れるのは名誉なこととされていた。しかし得られるものがそれだけなら、巫女は皆、辞めていただろう。ところが豊かな実りは期待できない山里の暮らしで利があるとなれば、娘の意思は黙殺されがちになる。

「わたしは后候補に選ばれたので、どのみち一生巫女ですけど、もし辞められるほうだったとしても、もとの名前は妹に付けられているんですから、結局、家には帰ってくるなということなんですよ。だから、わたしには家族なんて――」

いないも同然だと。

それを口にする前に、鳴矢に掻《か》き抱《いだ》かれていた。

苦しくなるほどに強く。

「俺がいる」

耳元で、絞り出すような鳴矢の声がした。

「俺がいるから。……夫婦って、家族だから」

「……」

そう言ってくれる鳴矢だから、こうして触れ合うことも、同じ床で眠ることも、受け入れられたのだ。

天羽の里で巫女をしながら、ときどき家の様子を『目』で見ていた。だが父も母も弟妹たちも、誰も自分のことなど話題にもしていなかった。

大きな家を与えられ、余分の食糧や燃料を得ながら、父は一度たりとも、あの子のおかげだとは言わなかった。巫女の館に面会に訪れる母も、その場では気遣ってくれても、家に帰れば誰にも面会の話などせず、弟妹たちの世話を焼いていた。

妹を耶世と呼びながら――少し前までそう呼んでいたもう一人の娘のことを、思い出すことがどれだけあっただろうか。

母のことは好きだった。いまでも好きだと思う気持ちはある。まったく面会に来なくなる親もいた中で、母が月に二度の訪問を欠かすことはなかった。

だが、好きだと思うほど、『目』で見る家の光景はつらくなっていった。五歳をすぎても可愛《かわい》がられる弟妹たちへの嫉妬と、疎外感――

いつしか家の様子は見なくなっていた。見なければ、それ以上傷つくこともない。家のことなど何も考えず、ただ母の訪問を喜べばいいだけ。家では弟妹を可愛がっているとしても、離れて暮らす娘も同じように可愛いからこそ、必ず会いにきてくれるのだと。

しかし、ここで自分を大切にしてくれる人が現れて、いま、気づいてしまった。

きっと母は、娘が可愛いから会いにきていたのではなかった。

母が気にしていたのは、娘が持つ力。『目』で見たことを決して口にしてはいけないと、いつも必ず念押ししていた。他人にしゃべってしまったら、困る人や傷つく人がいる。万一それが見てはいけないものだったら、自分の身が危うくなりかねないからと。

自分のために戒めてくれていたのだと、これまでは思っていた。

でも違う。あれは、あのときの母の目の奥にあったのは、思いやりではなくおびえだった。自分の生活も娘に覗かれているかもしれない、夫がたびたび吐き捨てる天羽本家への不満や他人の悪口など、そういう内々の話を周囲に吹聴《ふいちょう》されるかもしれないと、おそらく母は危惧していたのだ。

そして自分は、心の底では気づいていた。

自分も可愛がられているのだと思いたくて、気づいていたのに、気づかないふりをしていた。もう自分の家を見ることなんて何年もしていないと伝えたら、母が来なくなるのではないかと恐れて。

戒めは、たしかに巫女として生きていくための役には立った。だが、それだけだ。

何という虚《むな》しい日々だったろう——

腕の力が強すぎて、息ができなくなってくる。淡雪は鳴矢の衣の袖を引き、あえぐように言った。

「鳴矢。……苦しい」

「あ」

鳴矢があわてて抱きしめる力を緩める。ようやく楽に呼吸ができるようになって、淡雪は深く息をついた。

「ごめん。大丈夫？」

「……大丈夫です」

返事をしながら、淡雪は動かせるようになった腕を鳴矢の首にまわす。鳴矢が抱きしめてくれるなら、一方的にそうされるより、自分も抱き返したかった。

鳴矢の首筋に顔を埋《うず》め、肌のあたたかさにほっとする。

……わたし、子供みたい。

巫女になって以降、母が抱きしめてくれることはなかった。淡雪という名になって初めて、そして唯一抱きしめてくれたのが鳴矢だ。

とん、とん——と、大きな手にゆっくりと背中を叩《たた》かれ、心地よさに目を閉じた。

静かに、深く、雨水が地中へしみこむように、鳴矢のやさしさ、いたわりが伝わってくる。

まどろみかけていたそのとき、鳴矢の手が止まった。

「……鳴矢？」

「うん。……ああ、いや」

背にまわされていた腕が、離れる気配がする。

「もう戻らないと……」

どうして、と発しそうになった声を、かろうじて飲みこんだ。

訊《き》くまでもない。昨夜ここに泊まってくれたのは、盗賊に押し入られるという大変なことがあった直後だったからで、今日は特に何事もなかったのだから、泊まる必要などないのだ。

逢いにきてくれた。それだけでいい。

淡雪はため息をつかないように努めつつ、鳴矢の首にまわしていた腕を解いた。

「気をつけてお帰りください。『火』が明るいので、大丈夫だとは思いますが……」

「ああ、これがあればね」

鳴矢の火天力の炎は、頭上で主たる鳴矢を照らしている。この部屋から鳴矢が去れば、炎もいなくなり、自分の周りはまた闇に包まれるのだ。

鳴矢が寝台から降りる。それを追って腰を上げようとした淡雪は、肩を鳴矢に押さえられた。

「見送りはいいよ。淡雪はここにいて。……送られると、帰りたくなくなるから」

帰りたくないと――思ってくれてはいるのか。

「では……」

「……うん。また来るから」

肩に置いた手にわずかに力をこめ、微笑みを残し。

鳴矢は素早く踵を返すと、部屋を出ていく。

急に暗くなった部屋を意識したくなくて、淡雪は目を閉じていた。

また独りの夜だ。

……昨日、泊まってもらわなければよかった。

あたたかな腕の中で眠る安らぎなど知らないままでいたなら、こんなにもさびしくならずにすんだものを。


それからしばらくは、また以前のような日々が続いた。朝と昼と夕刻に女官たちが仕事をしに来るほかは一人ですごすばかりで、『目』で見る鳴矢の様子も、朝は合議に出て昼過ぎに寺へ行き子供たちと鞠打《まりうち》に興じるなど、こちらも変わらぬ毎日だった。

何も変わらなくても、鳴矢を眺めているのはやはり楽しかった。

かなうものなら、つまらない合議のあとにはお疲れ様と声をかけてあげたいし、寺の子供たちと一緒に鳴矢が打ち上げた鞠の行方を追ってはしゃいでみたいと思うこともあるが、目を開けてしまえば、一人には広すぎる館が、自分は人質同然の立場だという現実に引き戻してくれる。

何かを望めるような身の上ではない。それは天羽の里にいたときと同じ。

だから『目』で見るだけで充分なのだ。……充分だと思わなくてはいけないのだ。

そうやって自分を戒めながら、鳴矢が来ない夜を数えて――それが七にまでなった翌朝だった。

いつものように庭を歩いたあと淡雪が部屋に戻ると、掃除のために来ていた掃司の女官、紀緒《きを》、伊古奈《いこな》、沙阿《さあ》が、そろって何やら考えこんでいた。

「どうかしたの？」

「あっ、后……」

振り返った三人が囲んでいたのは――桜の枝を生けた壺。

部屋で眺めて楽しめるようにと鳴矢が持ってきてくれた、八重桜の枝だ。

美しく咲いていたが、ひとつ散りふたつ散り、盗賊騒ぎのときには壺が割れて枝が何本か折れ、それから傷みが進んでしまったこともあってか、昨日とうとう最後の花が落ちてしまった。残った葉もしおれたり色が悪くなったりして、もはや飾っておける状態ではないことは、一目瞭然だが。

「それ……捨てるの？」

尋ねた声に未練がましさがはっきり出てしまったのは、失敗だった。案の定、三人は困った顔をする。淡雪は急いで取り繕った。

「もう枝だけだものね。置いておいても邪魔になるし……」

「あのっ――いい枝ぶりですよね！」

淡雪がみなまで言う前に、沙阿が素っ頓狂な声を上げた。

「ほら、あの、いい枝は、枝だけでも。ですよねぇ？」

「そ、そうそう！　枝ぶりを楽しむのも粋ですよ」

伊古奈がすぐ同調し、首を大きく縦に振る。そんな二人に紀緒は苦笑して、しかし壺を覗きこんだ。

「水だけはもう捨てましょうね。このままでは、かえって枝が腐ってしまうかもしれないから」

「あっ、そうですね！　水だけ捨ててきます！」

「傷まないように、枝もちゃんと乾かしてきますねー」

沙阿と伊古奈はいそいそと、壺を持って部屋を出ていく。淡雪はあっけにとられて紀緒を見た。

「いいのですよ。捨てたくなければ、捨てなくても」

「でも、もう……」

「邪魔にはなりませんから。あの子たちの言うとおり、枝だけを楽しむのも、いいと思いますよ」

「……ありがとう」

淡雪は思わず、表着《うわぎ》の裾を握りしめる。紀緒は微笑を浮かべて、開いている窓から庭を指さした。

「同じ八重の桜をここの庭に植える手配もつきましたので、来年はここから楽しめますよ。――ああ、いけない。うっかりしておりました。まだお伝えしていませんでしたね。今日は良い知らせがありましたのに」

「良い知らせ？」

「はい。王が、后を夜殿の庭にお招きして、一緒に花見がしたいと」

「……えっ？」

いま、とても妙なことを聞いたような。

「ちょっと待って。夜殿って、王のお住まいよね？　その……」

「はい。すぐそこにございますね」

冬殿を囲む高い竹垣に阻まれて、ここからは屋根さえ見えないが、目と鼻の先だ。

「わたし、ここから出られないのよ？」

「ですから、内密にお招きしたいとのことです」

「……」

また何をたくらんでいるのか――と思ったところで気づく。

自分がこのあいだ、鳴矢の変化した髪の色を昼間に見たいと言ったからだ。鳴矢はその件は考えておくと返事していた。つまり、考えた結果が、夜殿への招待なのだ。

次の神事でもいいというのに、わざわざ口実を作ったのか。

「花見って……烏丸《とりまる》の典侍に見つかったら、大変なことになりそうだけど」

「それは、典侍の休日に合わせるそうです」

「典侍、どこかへ出かけるの？　でも、もし典侍がいなくても、他の人が……」

役人と同じように、女官にも六日に一度休日があり、交代で休むのだと聞いたことがある。だが、家族の待つ家に帰る者や市へ買い物に出かける者もいれば、どこへも行かず、ただ宿舎で休んでいるだけの女官もいるという。

そして天羽の后を目の敵にしている典侍の烏丸和可久沙も、休日に後宮の外へ出ることは滅多にないのだそうだ。ごくまれに不在にすることがあっても、必ず和可久沙に忠実な内侍司の女官が代わりに目を光らせているというので、結局は無理だろうと思ったのだが。

「烏丸の典侍のほうも、どこぞの豪族の宴席に招待されているのだそうです。典侍に近い者が残っているとしても、何か用事を言いつけて夜殿から遠ざけておけば大丈夫でしょう。王の御命令があれば、そこは尚侍が協力してくださるのではないかと」

「……それならいいけど」

「御心配なく。わたくしもお供いたしますので。ちゃんと夜殿までお送りします」

お任せくださいと紀緒が胸を張る。

淡雪は少し考え、ぱちりと手を叩いた。

「そうだわ。ねぇ、女官の服、借りられないかしら」

「女官の服とは……わたくしどもの、これでございますか？」

紀緒は自分の縹色《はなだいろ》の衣の袖を広げてみせる。

「そうそう。その服で行けば、もし誰かに見つかっても、顔さえ隠せばわたしだとは思われないでしょう？」

「后――」

「そんなの駄目です！」

「貸しませんよ」

とたんに紀緒が渋面になり、さらに背後から沙阿と伊古奈の声が重なった。

「えっ、どうして？」

「どうしてじゃないですよ！　せっかく王にお目にかかるんですよ!?」

「そうですよ。それも、神事じゃないときに！」

枝だけの桜を生けた壺をもとの場所に戻した沙阿と伊古奈が、眉をつり上げて淡雪に迫ってくる。

「でも、別に、そんな……」

夜着で逢っても何も言わない鳴矢なら、女官の格好でも気にしないだろうと思ったのだが。

　すると紀緒までが、妙に迫力のある笑顔で淡雪に歩み寄ってきた。

「后。二人の言うとおり、せっかくの王のお招きですから。おめかししませんと」

「お、おめかし？」

「はい。后には、まだお召しになっていない美しい衣が、何枚もおありですよ。ぜひ王にも見ていただきませんと」

　たしかに誰に披露する機会もないのに、上等な衣は幾枚も用意されている。無駄ではないかと思いつつ、これも縫司《ぬいのつかさ》の仕事のうちかと、黙って着せられていたのだが。

　少しくらい着飾ったほうが、鳴矢も喜んでくれるだろうか。

「……それじゃ、見立ててもらおうかしら……？」

「お任せください！」

　いつも衣を選んでくれている沙阿が、力強くうなずいた。

「花見……いつ？」

「明日だそうです」

　ずいぶん急だ。そう思っていたら、伊古奈と沙阿がむくれた顔をする。

「もう少し早く知らせてほしかったわよねー」

「ですよね！　そうしたら縫司にこんなの仕立てて、って頼めたのに」

「今回は仕方ないわ。典侍の外出がわかったのが、今朝だったというから」

紀緒が二人の背中を叩いて、あらためて淡雪を見た。

「そういうわけですので、后、明日はそのつもりでいらしてください。それからもし雨になったとしても夜殿には来てほしいと、王は御希望です」

「……わかったわ」

突然の話ではあるが、久しぶりに鳴矢に逢える。

女官たちの手前、平静を装っていたが、淡雪は袖口で隠した両手を強く握りしめ、高ぶる気持ちを抑えようとしていた。


その日も鳴矢は、昼過ぎには寺にいた。

明日のことを考えて浮き立つ気分のまま『目』でその姿を追っていた淡雪は、ふと寺の様子がいつもと違うことに気づく。

普段は二人の尼僧と十数人の子供たちしかいない寺に、胡桃色《くるみいろ》か朽葉色《くちばいろ》か、そんな色の着古した衣を着た、老若幅広い年齢の剃髪《ていはつ》した男の僧たちが十人ほどいて、先に子供たちの面倒を見ていた。

「あれ――みんないつ帰ったんです？」

鳴矢が僧たちを見て、声を上げる。すると戸口に立つ鳴矢に気づいた僧たちが、口々に親しげな挨拶の言葉を投げかけてくる中、建物の奥から十五、六歳くらいの少年僧が飛び出してきた。

「兄ぃ！　久しぶり！」

「おー、江魚《えうお》。元気そうだな。おまえ、相変わらずその頭なのか。それともとうとう本当に出家したのか？」

「へへへ。してないんだなー、相変わらず」

少年僧は首をすくめ、きれいに剃《そ》り上げた頭を自分でつるりと撫《な》でる。

「まぁ、そうだろうと思ったけどな。――おっと、待て待て。ほら、これ」

鳴矢のもとに集まってきた子供たちが、表着の裾を引っぱって、いつもの、いつものと催促を始めた。鳴矢は小脇に抱えていた布包みを、中でも年長の子供に渡す。

「仲よく分けろよ。喧嘩《けんか》するなよ」

はーい、と元気に返事をし、子供たちは奥へ駆け戻っていった。

「兄ぃ、いまの何？」

「菓子だよ。江魚も早く行かないと、あいつらにみんな食われちまうぞ」

「さすがに菓子の取り合いする年じゃないなー」

江魚と呼ばれた少年僧は苦笑して、子供たちを見送る。

鳴矢は部屋に入ると、あらためて僧たち一人一人に声をかけてまわった。どうやら全員、知り合いらしい。

ひととおり挨拶をし、鳴矢は最後に廂《ひさし》のところに座っていた五十歳ほどの、おそらく中で最も年長と見える僧のもとへ行く。

「御無沙汰してます、俊慧《しゅんえ》殿」

鳴矢は丁寧に一礼し、その僧の横に腰を下ろした。すると庭を眺めていた俊慧なる僧は、鳴矢のほうに体ごと向き直ると、膝に手を置きこちらも深々と頭を下げる。

「これはこれは――御即位おめでとうございます、鳴矢王」

「……うわ、何ですか、それ」

鳴矢は思いきり嫌そうな顔をした。

「俺はそういう挨拶されるのが嫌いだって、だいたいわかってるでしょうが。実際、俊慧殿以外、誰も言いませんでしたよ。それに仏の前では、王も八家もないんじゃなかったですか」

「もちろん、わかっていますよ」

俊慧は目を細め、ふふふ、と笑い、また庭のほうへ体を向けた。どこにでもいそうなごく平凡な容貌だが、右の目の下に縦に二つ、目立つ黒子《ほくろ》が並んでいるのが、涙のようで特徴的である。

「わかっているから、祝意を述べたのですよ。きっと鳴矢は嫌がってくれるだろうと思いましてね」

「うわぁ……ほんっと、そういうとこ相変わらずですよね」

鳴矢がますます顔をしかめ、その後ろで江魚が、ひゃっひゃっひゃっ、と声を上げて笑っていた。

「まぁ、私ぐらいは社交辞令を言わなくてはならないだろうと思ったのもあります。私も一応、もとは小澄の者ですのでね」

……小澄の者？

ではこの俊慧という僧は、貴族の出なのか。

「しっかしなー、兄ぃが王とか、冗談みたいなんだけど」

いたずらっ子のようににやにやする江魚の口からは、八重歯が覗いている。俊慧は笑う江魚をちらりと横目で見て、控えめな微笑を浮かべた。

「そうでもありませんよ、江魚。鳴矢はとても王に向いている。私はそう思います」

「えぇ？　ほんとぉ？」

「はい。まず千和の王は現状、まったくのお飾りです。実権は七家の長たちにあり、何事も合議で決められる。王が政に口をはさむ余地はありません」

「……ぅえ？」

江魚は途端に顔をしかめ、鳴矢は少し目を伏せて苦笑する。

「はっきり言いますね」

「事実ですので仕方ありません。そのような状況では、王に求められるのは何よりも忍耐です。お飾りの立場を受け入れ、目の前でいかなる議論、採決がなされようと、ただ静観し続けることができる、たいへんな我慢強さです。——鳴矢に向いているでしょう？」

「……あー……そう言われたら、うん、向いてるわ」

江魚が大きくうなずき、今度は鳴矢が眉間を皺めた。

「いや、それで向いてるって言われるのは納得いかないんですが。俺、そこまで忍耐強くないですよ」

「そうですか？　きみは案外、理不尽を飲みこめる。そしてよほどのことがない限り怒りを面に出さない。これは耐える力がなければできないことです」

「褒められてる感じがしませんね」

「ええ。褒めてはいません。そこは怒ってもいいところだと、歯がゆく思ったことは何度かありましたからね」

薄く笑いながら、ただ——と俊慧は続ける。

「とはいえきみは頑固でもあるので、どうしても飲みこめないと思ったことは、何をどうしたって飲みこまないでしょう。そうなると忍耐力が我を通すことに使われる。そこからは、もう一本道です。絶対に譲らない。違いますか？」

「……」

鳴矢は口をぽかりと開け、顔を仰のかせて空を見た。それで目が合ったようになってしまい、淡雪はあわてて『目』を逸らす。

「図星ですか。心当たりがありそうですね」

「……ええ、まぁ」

「それはよかった。せっかく王になったのですから、鳴矢にはぜひとも、歴代で最も厄介な王を目指していただきたい」

「いまのところ、俊慧殿の御期待に添えるほどのことはしてないですよ。俺、あんまり肝が太くないもんでね」

鳴矢が肩をすくめたところへ、まだ二つか三つの幼子が、小さな手に餅菓子を三つ載せて、ちょこちょこと駆け寄ってきた。

「なりや、なりや、おかし」

「お、ありがとな」

鳴矢が笑顔で菓子を受け取ると、幼子はすぐに奥へ戻っていく。

「どうぞ、俊慧殿も。江魚、おまえ二個食べるか？」

「兄ぃはいいの？　いいならもらうけど」

「俺は来る前に食ってきたから」

俊慧に一個、江魚に二個、菓子を手渡して、鳴矢は立ち上がろうとする。

「さてと。じゃあ俺、鞠打を──」

「まだ話は終わっていませんよ」

俊慧の言葉に、鳴矢は怪訝《けげん》な顔で再び腰を下ろした。

「何ですか？」

「私が楽しみにしているほどではなくとも、一本道は作ろうとしているのでしょう。何を始めました？」

「……それは、ちょっと」

「え、何？　兄ぃ、何か面白いことすんの？」

両手に餅菓子を持ったまま、江魚がまた八重歯を見せて鳴矢の顔を覗きこむ。

「別に何もしてない。するつもりもないよ」

「あ、目が泳いだ。こーれはあやしいっすよ、俊慧様」

「いいから黙って食ってろ。喉に詰まらすぞ」

「そういえば、即位からひと月以上経《た》っていますよね。もう天羽の里から后が着いているでしょう。会いましたか？」

鳴矢は——見たところ、動揺は最小限に食い止めたようだった。

「……会いましたよ。婚儀もすませましたし」

「えっ、兄ぃ、結婚したんだ？」

「慣例どおり名ばかりの夫婦ですか。それとも、とっくに手を出しましたか」

「……あんた一応僧侶でしょうが、俊慧殿」

ここも一見、鳴矢はよく堪《こら》えていたが。

「え？　何？　どういうこと？」

「江魚、きみはあっちへ行っていなさい。これから鳴矢と真面目な話をしますから」

「えー、おれ、真面目な話は聞けないんですか？」

「あと三年したら話に入れてあげます」

俊慧に追い払う仕種《しぐさ》をされ、江魚はすねた表情をしつつも、素直に場を離れ、菓子を食べている子供たちのもとへ行く。鳴矢は少し呆《あき》れたような顔で俊慧を見た。

「どこが真面目な話ですか」

「いたって真面目ですよ、私は。天羽の后に関わる話題がどれほど難しいものかは、承知していますからね」

「……」

鳴矢はふうっと、大きく息をつく。

「淡雪、っていいます」

「年は近いのですか。どんな姫君です」

「俺と同い年です。……かわいい子です」

「ほぅ」

「ん。……いや、すごくきれいなんですよ。かわいいより、きれいな子で……あれ、どっちかな」

それはそんなに真剣に考える必要などないことだと思うのだが。

「他に人がいるところで逢うと、きれいだなって思うんです。けど、夜、二人だけで逢うと、かわいい。……ものすごくかわいい」

ちょっと待ってほしい。いったい何の話をしようとしているのか。第一、その言い方は妙な誤解を招くのではないか。

「と、いうことは、やはりもう手は出したと」

「まだ出してません」

やっぱり誤解された——と思ったが、鳴矢は即座に否定した。

しかし俊慧は、くっ、と喉を鳴らして笑う。

「まだ、ですか」

「それは……ああ、いや」

鳴矢は片手で額を押さえた。

「出せないんですよ。……手を出すのが怖い」

「それは、慣例を破ることになるからですか？」

「違う。そんなものは気にしません。二人きりでこっそり逢ってる時点で、とっくに破ってるんですから」

「では、何を恐れているのですか」

そう尋ねた俊慧の口調は穏やかなものだったが、鳴矢はなかなか答えようとしなかった。額に手を当てたままうつむいているため、鳴矢の表情はうかがえない。

部屋の奥から、子供たちの弾《はじ》けるような笑い声が聞こえた。

「……子供」

「何ですか？」

「子供ができるかもしれないでしょう。手を出したら」

低い――低い声。

「俺の在位は五年です。それはもう決まってる。だから五年経ったら、淡雪は天羽の里に帰るんです。そのとき子供がいたら、子供も天羽に取られます。……俺は淡雪と子供、どっちも失って、子供は、俺みたいになる」

……俺みたいに？

「俺は親父《おやじ》と同じ轍《てつ》を踏みたくないんですよ。気持ちだけで突っ走って、俺みたいな子供を増やしたくない。……そのためには、これ以上進んだらいけない」

深く、沈むような声。

まだ顔が見えない。

「かわいいんですよ、淡雪。本当にかわいい。俺のこと我慢強いって言いましたね。実際そう思いますよ。俺、よく耐えてるなって。けど、こんな我慢、いつまで持つかわかりません。今夜にでもあっさり崩れてるかもしれない」

……え？　今夜？

わからない。鳴矢は何を語っているのか。

「でも、我慢し続けないと、俺は結局、音矢の子だったってことになる。それも怖いんです」

音矢の子。……音矢。

その名前には聞き覚えがあった。たしか——そう、臨時の合議だ。誰かが鳴矢の父である一嶺の大納言に向かって、音矢の髪の色がどうのと言っていなかったか。

いや、それより、鳴矢の父親はあの一嶺家の家長ではないのか。音矢の子だったというのは何のことなのか。

「……なるほど。一本道は一本道でも、まさかそこまで山あり谷ありの道だったとは」

疑問が疑問を呼ぶうちに、俊慧が言葉を返してくる。

「きみはやはり厄介な王になれますよ、鳴矢。こんな話を聞いてしまっては、今後はもっと頻繁に都へ帰らなくてはいけませんね」

「……俺には笑いごとじゃないんですが」

「笑ってなどいませんよ。喜んでいるだけです。前の王も十二年よく耐えたとは思いますが、あまりにも日和見が過ぎた。鳴矢にはぜひとも赤い髪の王らしく――おや、きみ、髪の色が少し変わりましたか？　私の気のせいですか」

「……いまごろそれですか」

鳴矢が額から手を外し、ようやく顔を上げた。思いのほか表情は落ち着いている。

「まぁ、ここのみんな誰も髪の色なんか気にしませんからね。変わりましたよ。ついこのあいだ。ちょっと盗《ぬす》っ人《と》どもをこらしめまして」

「なるほど。きみのことですから、誰かをかばってこらしめたのでしょうね」

当たりだ。この俊慧という僧、いろいろと鋭い。それに鳴矢のことをずいぶんよく知っているようだ。いま鳴矢が語っていたよくわからない話も、俊慧には通じているのだろう。

それはきっと、自分が都へ来る前の――鳴矢の過去に関わること。

……そういえば、わたし、鳴矢のこと何も知らない。

かつて家出をしたことがあるという話は、藤波から聞いた。しかしどういう理由で家出をしたのかは、きっと鳴矢本人に問わなければわからないだろう。

さっきの音矢の子、という言葉の意味も、同じように。

「鳴矢が天羽の后に惚《ほ》れぬいているというのは、よくわかりましたが――」

俊慧が餅菓子をひと口かじってから、鳴矢を横目で見る。

「いまの話ですと、后のほうも鳴矢に対してそれなりの情を持っていると考えていいのでしょうね？　そうでなければ、夜間に密会するようなことはないでしょうから」

「……その程度には、まぁ、好かれてるはずだと思います」

何故「その程度」とか「はずだと思います」とか付けてしまうのか。そこはただ、好かれていると言い切っていいものを。

「おや、意外と自信がない様子ですね。実はそれほど親密でもないとか」

「いやいやいや。そんなことない。そんなことないです」

鳴矢は大きく首を横に振るが、発した言葉はどうも棒読みだ。このあいだ同じ床で休んだ意味について、理解してくれたのではなかったのか。

「俺が親しくなりたがってるのはわかってくれてますし、夜に逢いにいっても、快く部屋に入れてくれます。いまのところ、何も拒まれてはいません」

「それなら問題ないですね」

「ただ、何ていうか……俺が、淡雪の心細さにつけこんだせいかな、とも……」

……何ですって？

「つけこんだとは、穏やかではないですね」

面白そうに言って、俊慧は菓子の残りを口に入れる。

「だって、たった一人で都に来て頼る者もいないっていう、そんな子を口説いたんですよ？　仲よくなりたくて必死でしたけど、よく考えたら、結構卑怯《ひきょう》でしょう」

呆れた。

いっそ、この天眼天耳の力に、声を届ける『術』も備わっていたらよかった。そうすれば、いまこの場で、くだらないことを考えるなと言い返せたものを。

「人恋しさで夫となった者を慕ったとしても、悪いことではないでしょう」

「……かもしれないですけど」

「ときどき物事を深刻にとらえすぎる、余計なところに気をまわしすぎる――きみがそういう質だとは承知していますが、色恋についても例外ではなかったようですね」

また喉を鳴らして短く笑った俊慧に、鳴矢は眉根を寄せつつもうなだれた。

「どうでもいい相手なら何も気にしません。……大事な子だから、いろいろ考えるんですよ」

鳴矢のつぶやきを掻き消すように、奥から子供たちの笑い声が響いてくる。

雀《すずめ》が庭先に降り立ち、すぐにまた飛び立った。

「――私たちは、しばらく都にいる予定です」

俊慧が首だけ曲げて、鳴矢に目を向ける。

「都で少し休んだら北へ、石途のほうまで行こうかと思っています。そしてできれば藍沼よりもっと奥、天羽の里まで足を延ばそうかと」

「……入れますか？」

顔を上げ、鳴矢は背筋を伸ばした。

「里に入るのは難しいでしょうね。他所者《よそもの》はまず入れてもらえませんから。それでもできるだけ近くまでは」

「俺も行ってみたいですけど、いまは無理なんで、代わりに見てきてください。天羽の里がどんなところなのか」

「興味がありますか？」

薄く笑い、俊慧は鳴矢の表情をうかがう。

「そりゃ、ありますよ。淡雪が暮らしてたところですからね。……それに、七十年も都から離れてる天羽家そのものにも、興味はあります。これは王として」

「なるほど」

俊慧は腰を上げ、色あせた僧衣の裾を軽くはたいた。外を歩いてきたそのままの姿だったのか、白く埃《ほこり》が立つ。

「出家の身とはいえ、私たちも千和の民です。協力できることはしますよ。——一応僧侶ですので、色恋に関する協力はいささか難しいですが」

「そこの協力は別にいいです。……石途に行ったときは、よろしくお願いします」

俊慧を見上げて苦笑し、鳴矢は頭を下げた。


心細さで鳴矢にほだされたつもりは、まったくない。

そもそも都に来て、心細さを感じたことがない。天羽の里と都の後宮と、どちらがより孤独かといえば、巫女仲間同士ですら本心を見せない天羽の里のほうが、はるかに孤独だった。

長椅子の上で膝を抱えて、淡雪は夕暮れ間近の庭を眺めていた。『目』はもう閉じている。

僧たちがいたことで、はからずもいろいろと鳴矢の本心を聞けてしまった。

……子供のことなんて、わたし、考えたことなかったわ。

何をすれば子供ができるか、知らないわけではない。そのあたりは、おそらく天羽の他の巫女たちよりも、だいぶ知識はあるはずだ。……里で『目』を使っていたときに、意図せず他人のあれこれを覗いてしまったことが何度かあったので。

もっとも、天羽の娘が都でどのような扱いを受けるかは知らされていたので、后候補になったとて、うっかり覗いたあれこれが我が身のこととなろうとは、微塵《みじん》も思わなかったのだが。

「……」

具体的なことを想像しそうになって、淡雪はあわてて頭を振った。ちょっと、いまはまだ考えないほうがいい気がする。鳴矢のほうも、気にしていたのはそれ自体ではなく、その結果として子供ができたら、ということだ。

……子供。

子供がいれば、五年後、天羽の里に戻されるとき、一人きりで帰らなくてもいいのだ。里へ帰っても、鳴矢の子がいれば——

「そういうことじゃないわ。……そういうことじゃないのよ」

子供がいればさびしくないかといえば、そんなことはないだろう。子供がいても、鳴矢と離れたら、たぶん、きっと、とてもさびしい。

それに鳴矢も我が子に会えなくなるのだ。鳴矢にもさびしい思いをさせてしまう。

……そういえば、あれもどういう意味なのかしら。

子供は俺みたいになる、と。

鳴矢は子供のころ、何かあったのだろうか。あの様子では、それが楽しい思い出というものでないのは察せられる。だがそんな過去のことを、鳴矢自身に尋ねてもいいのだろうか。

それに、もし本当に過去に何かあって、鳴矢が子供を作ることに悲観的なら、鳴矢にはこのまま手を出さずにいてもらうしかない、という結論になってしまうのだが。

「……それもちょっと、何か……」

抱えた膝に顎を置き、淡雪は唇を尖らせて独り言《ご》ちる。

鳴矢はむしろ手を出すまいと耐えているというのだから、何だかちぐはぐだ。

触れたいというのなら——それは、構わない。

と、思う。

五年のうちに、鳴矢の心に添えるようにできたらいいのだが。

「……」

そもそも、どうして后の役目を終えたら里に帰らなくてはいけないのだろう。

次の王の后が来たあと、二人目の人質としてそのまま都に留まることになっても、自分はいっこうに構わない。それでまたどこかにとらわれる生活が続いたとしても、それは天羽の里に帰ってからの暮らしと、何ら違いはない。少なくとも都に残れれば、天羽の里よりは鳴矢の近くにいられることになるのだから——

「……ふ」

そこまで考えて、淡雪は苦笑をもらす。

都へ来たのは、ほんのひと月前のことだ。来たばかりで、もう五年後よりさらに先のことを考えているなんて。

五年後のことなんて誰にもわからないのに、いまからこんな心配をして、これでは鳴矢と同じだ。

「やめよ。やめだわ。まだ考えなくていいじゃないの……」

独り笑いながら、淡雪はふと、空蟬姫の話を思い出す。天羽の里を目前にして川に落ちたという、前の后。

事故だったのだろう。でも、もし――もし空蟬姫も、天羽の里に帰りたくないと、強く思っていたとしたら。

帰ったそのあとの暮らしを考え、絶望していたのだとしたら。

頭をよぎった思いつきに、淡雪は眉をひそめて目を伏せる。

真相はわからない。もはや空蟬姫の心の内を知るすべもない。せめてその魂がいまは安らかであることを祈るしかないのだ。

ちりちりと音を立てつつ炎の色の小鳥が飛んできて、長椅子の肘掛けに止まった。目を向けると、小鳥はこちらを気にかけるように見上げてくる。

「ありがとう、鳴矢。わたしは大丈夫よ。せっかく明日は花見なのに、考えごとばかりして、よくないわね」

淡雪は手を伸ばし、その小さな頭を指先で撫でる。

「そうよ。鳴矢だって、余計なことばかりなのよ。……おまえじゃなくて、おまえの主よ？　わたしの心細さにつけこんだんですって。わたし、いつ心細いなんて言ったかしらね？」

まったく、やさしすぎるのも困ったものだ。

鳴矢が余計な考えを持たずにすむような言葉を、こちらからかけるべきなのだろうか。しかし、本来こちらは何も知らないことにしておかなければいけないのだから、迂闊《うかつ》なことも言えない。

でも、五年後、その先――そんな遠い日のことよりも、いまは、いまの鳴矢に安心してほしかった。

心細いわけではないし、つけこまれたつもりもないと。

どうすれば、鳴矢に伝えられるだろう。

「……もどかしいわね……」

花見なのだから、花を愛《め》でればいいだけなのに、花より鳴矢のことばかりだ。

首を傾げる小鳥に、淡雪はそっと微笑んだ。

第二章　花見と秘密

薔薇《そうび》の丸紋を散らした淡い桃染の衣に、わずかに黄がかった茜色の地に牡丹唐草《ぼたんからくさ》の柄が織りこまれた表着を重ね、やわらかな柳色の裳《も》と、金糸で細かな刺繍《ししゅう》がほどこされた飾り帯を合わせる。

鬢《びん》の毛を結い上げた髪には螺鈿《らでん》細工の簪《かんざし》を挿し、肩へ白い領巾を掛けた。

最後に唇へ薄く紅を引き、布で押さえて調える。

鏡で紅の色味を確かめ、淡雪は顔を上げた。

「……これくらいで大丈夫？」

「お美しいです」

紀緒が満足げに大きくうなずき、髪結いをした伊古奈と服を選んだ沙阿も、笑顔で手を叩く。

「いいですね。とってもおきれいです！」

「ですよね！　あーでも、やっぱりもっと濃い色のお召し物のほうが、華やかになると思うんですけど……あっ、いえ、これも充分、お似合いなんですけどっ。でも后は色白でいらっしゃるから――」

「沙阿、もういい加減になさいな」

　残念そうに体を揺する沙阿を、紀緒が呆れ顔でたしなめた。淡雪は紅の付いた小指を布で拭きつつ、少し眉を下げる。

「たしかに沙阿が最初に選んでくれた組み合わせのほうがよかったわ。でも、そう、やっぱり華やかすぎると思ったの。花を見にいくんだもの。花と争いたくないのよ」

「あたしはこっちのほうが好きですねー。やさしい感じがして、后に合いますよ」

　伊古奈がもう一度仕上げに髪を櫛《くし》で梳《す》きながら言い、沙阿もそれでようやくおとなしくなった。

「はい。たしかに、こっちもいいんです。たしかに花見なら、こっちのほうが」

「それならいいじゃないの。――后、そろそろ出ませんと、きっと王が首を長くしてお待ちですので」

　鏡を片付け、紀緒が淡雪をうながす。

　今日は昼まではいつもどおりにすごしていた。そして昼に薬司《くすりのつかさ》と膳司《かしわでのつかさ》の女官が仕事をすませて辞したあと、掃司の三人が来て、身支度を手伝ってくれたのだ。

今回の花見のことを知るのは、尚侍の香野とこの三人しかいない。香野は他の内侍司の面々を夜殿から遠ざけておく役目を負っているので、掃司の三人が冬殿から夜殿への送迎もしてくれることになっていた。

前方を紀緒、左右を伊古奈と沙阿に固められ、淡雪は冬殿の裏門から外へ出る。変に急ぐとかえって目立つからと、普通の速さの歩みで冬殿を囲む竹垣に沿って進み、春殿とのあいだの細い道を抜けて表に出た。

王の私的な館である夜殿は、冬殿の表門の、道を隔ててすぐ目の前にある。冬殿は后を完全に外と遮断するために人の背丈の倍はある竹垣をめぐらせているが、王の館は人の背丈よりやや高いくらいの板垣で囲まれている。王の愛妾の住まいとして用意されている春殿、夏殿、秋殿には背の低い檜垣《ひがき》が使われているので、それよりは堅固な印象だ。

「そこに、わたくしどもが使う通用門がありますので……」

紀緒の背後から覗くと、扉一枚の小さな門があった。

ここは知っている。まだ自分が都へ来たばかりのころ、鳴矢がときどき夜間にこの門から館を抜け出して、冬殿の表門の前に立っていた。

ほんのすぐの距離なのに、逢えないことを恨めしがって。

女官たちが使う門から出入りしていたのか。身分の高い者は下々が使う門を不浄門と呼んで決して使わないらしいが、鳴矢はもとからそういうことを気にしないのだ。

今回、こっそり冬殿を抜け出すためには裏門を通ってもらわなくてはならないと、紀緒にも申し訳なさそうに言われたが、自分にとっても、門は門だ。通れればそれでいいとしか思わない。むしろ近道をできる門があってよかった。後宮内は女官があちこちを歩いているので、見知った者にばったり行き合ってしまうほうが面倒だ。

運よく誰にも見つからず、淡雪は紀緒たちとともに門内に入る。

「……」

大きな館だと思った。王の館を上から『目』で見たことはあるが、自分の足で地に立ち、実際に夜殿を見上げると、とても立派な建物だということがわかる。

天羽の里の中で、敷地の広さなどは別として、ただ建物が最も立派なのはどれかといえば、おそらく天羽本家の私邸だろうが、この夜殿を見ると、造りそのものがまるで違うといえた。何というか、たたずまいが落ち着いていて美しい。

「こちらが夜殿です。ここは裏庭にあたるところですが」

「……裏庭でも、充分きれいね」

見まわすと、板垣に沿って椿《つばき》や紅葉《もみじ》、萩《はぎ》などが植えられている。いまはどれも花はなく、紅葉の葉も青々としているが、秋冬になればもっと美しい庭になるのだろう。

「もっと広い庭が、昼殿と夜殿のあいだにあるんですよ！　池もあってとってもきれいなんです！」

沙阿が拳を握りしめて説明してくれたが、あいにくそれも『目』で見て知っている。

だがそれを言うわけにはいかないので、淡雪はにっこり笑ってみせた。

「そうなの。楽しみね」

「今日は昼殿も人払いをしておくと王がおっしゃっておいでくださったから、大丈夫だとは思いますが、念のため裏から上がっていただけますか。——伊古奈、先に行って、后をお連れしましたって王にお伝えして」

「はーい」

伊古奈が階を駆け上がっていった。淡雪も沓を脱ぎ、階を慎重に上っていく。

するとまだ上がりきっていないうちにけたたましい足音がして、簀子《すのこ》の角から鳴矢が飛び出してきた。

「淡雪——」

「……あ」

建物の裏手なので、それほど日当たりがいいわけではない。それでも鳴矢の髪は、より明るく見えた。『目』で見たよりも、もっと。

やはり自分の目と『目』では、色の鮮やかさが幾らか違うのか。

　思わず見入っていると、何故か口を半開きにして立ちつくしていた鳴矢が、あ、と声を上げて駆け寄ってきた。

「……っ、よかった、来てくれた……」

「はい。来ました」

　淡雪が階の最後の一段を上がろうとすると、鳴矢が手を差しのべてくる。

　すぐ側で紀緒と沙阿が見ている状況に一瞬迷ったが、そういえば掃司の三人には、すでに鳴矢と同じ床で寝ているところを見られていたのだと思い、素直に手を借りて簀子へ上がった。

　だが案の定というか何というか、鳴矢はそのまま手を離そうとはしない。離さないのかと問う意味で見上げても、鳴矢はやけに目を大きく見開き、口元を震わせているばかりだった。……これはどういう表情なのだろう。

「紀緒さん、后の沓、あっちにお持ちしておきましょうか。あとで庭に下りられるように……」

「ああ、そうね。移しておいて」

　背後で沙阿と紀緒が小声で話しているのが聞こえ、淡雪は肩越しに振り返る。

「庭に出られるの？」

「出られるよ。あとでひとまわりしよう。でもその前に——あ、掃司もちょっと来てくれるかな。頼みがある」

紀緒ではなく鳴矢が答え、淡雪の手を引いて簀子から廂に上がり、近くの戸を開けた。そのまま中に入っていく。

そこは、鳴矢が雨の日などの外出しない日にすごしている部屋だった。そういえばここは表にも裏にも出入口があった。

「ここの窓を開けてもいいんだけど、今日はあったかいし、やっぱり外に出たほうが見晴らしがいいかな」

言いながら、鳴矢は部屋をそのまま突っ切って表の戸を開ける。手を引かれるまま部屋を出ると、目の前に広い庭が現れた。

中央に青い水をたたえる池があり、その周囲には、松や桜などが植えられている。対岸の建物が昼殿だ。その前にあるこんもりとした茂みの中に点々と咲く、ひときわあざやかに見える黄色い花は、山吹だろうか。

「桃と椿はもう終わっちゃったんだよな。桜はまだ残ってるけど……あと、藤が咲き始めた。あとで下りて、近くで見よう」

淡雪は、庭のあちこちを指さしながら話す鳴矢の横顔、そして髪を見上げた。

やはり美しい色だ。以前の髪もいい色だったが、より赤みと深みが増している。

「きれいですね」

「桜はもっと早い時季のがきれいだったけどなぁ」

「いえ、あなたの髪が」

鳴矢がきょとんとした顔で振り向いた。

「わたしが明るいところであなたの髪を見たいってお願いしたから、呼んでくださったんでしょう？」

「……そうだった」

「忘れていたんですか？」

「とにかく昼間逢うんだっていう、それで頭がいっぱいで」

何のために昼間逢うことになったのか、前提が頭から抜けてしまったらしい。

「明るいところであなたの髪を見られましたので、あとは花を見せていただきます」

「うん。——あ、その前に」

鳴矢が振り返った先へ淡雪も視線を向けると、ひとつ奥の部屋から、伊古奈が膳を持って出てきた。

「あの、王、これでしょうか？　まだありましたが……」

「それそれ。全部こっちに運んでくれるかな。あと白湯《さゆ》もあるんだ。香野が椀《わん》を余分に置いてってくれたはずだから、人数ぶんあると思うんだ。えーと、六個ね」

「六個ですか？　——紀緒さん、すみません、ちょっとこれ」

「王、これは……？」

伊古奈が持ってきた膳を、紀緒が困惑の表情で受け取る。膳の上には、少なくない量の餅菓子と干棗《ほしなつめ》が盛りつけられた皿があった。

「沙阿、一緒に運んでよ。菓子のお膳、奥にあとふたつあるの」

「えっ、そんなに？」

掃司の三人が途惑うのも無理はない。時間的に、これは王の間食用の菓子だと思われるが、王一人のぶんにしては多すぎるのだ。

「王、まさかわたしが来るからと、多めに作らせたのでは……」

「そうじゃないんだ。俺の間食、いつもこれぐらい用意されるんだよ。こんなにいらないって言ってるのに」

鳴矢がうんざりした顔で話す間にも、伊古奈と沙阿がさらに膳を運んでくる。全部で三つの膳が廂に並べられ、三つそれぞれに二皿ずつ、様々な種類の菓子が山と盛られていた。

「淡雪のためならさ、ちゃんと先に淡雪の好きな菓子を確認しておくよ。あいにく、これは内侍司――っていうか、典侍だな。典侍の、俺への嫌がらせ」

「嫌がらせ……？」

どういうことかと訊き返すと、鳴矢は苦笑して、掃司の三人を見る。

「淡雪に敷物持ってきてくれるかな。そっちの部屋にあるから」

「かしこまりました」

紀緒が円座を二枚持って戻ってくると、膳の横にそれを並べて置いた。

鳴矢に座るようにうながされ、淡雪はようやく手を離してもらって、片方の円座に腰を下ろす。鳴矢もその隣りに着座した。

「掃司も座って。一緒にこの菓子、片付けてよ。余ったら持って帰っていいし」

「かしこまりました。失礼いたします。——いただきましょう」

紀緒が声をかけ、鳴矢、淡雪に並んで伊古奈、沙阿、紀緒の順に、三人も庭のほうに向いて座る。紀緒は椀に白湯を注ぎながら、鳴矢をうかがった。

「王、先ほど頼みとおっしゃいましたのは……」

「そう。これのこと」

ため息まじりに、鳴矢がうなずく。

「いままでの王って、だいたい冬殿以外にも誰か住まわせてただろ？」

誰かとは、妃《きさき》——つまり愛妾のことだ。

「そうすると、膳司はそっちのぶんまで間食の菓子を作って、夜殿に届けるんだと。で、王がその菓子を持って、春殿、夏殿、秋殿って、訪ねてまわる。これまで後宮にそういう慣習があったから、こんなに菓子が用意されてるってわけ」

「でも、いまは……」

　鳴矢に妃はいない。春殿も夏殿も秋殿も無人だ。

「うん。いらないんだよ。でもあの鳥丸の典侍が、膳司に同じ量を作らせてるんだ。俺に、この菓子を配れるぐらい妃を置けっていう、催促の意味で」

「……」

　だから嫌がらせと言ったのか。

「こんなに食えないって残してたら、そのたびに嫌味がすごいし、かえって量が増えていくんだよ」

「えっ、減るのではなくて？」

「怖いだろ。仕方ないから、毎日どうにかして皿を空にしてるんだ。蔵人所の連中がまだ居残ってたらそっちに差し入れたり、あと、俺、この時間はよく東ノ市の近くにある寺へ鞠打をやりに行くんだけど、そこの寺の子供たちに持っていったり」

　寺の子供たちにあげていたあの菓子は、そういうものだったのか。

「俺だって淡雪の好きなものを用意したかったけど、下手すると、これのほかに膳がひとつ増えることになるかもしれないと思うと……」

「ええ。やめたほうがいいです。大丈夫です、ここにある菓子で、嫌いなものはないですから」

肩を落とす鳴矢に、淡雪も思わず真顔で首を振る。

「ただ、わたしはあちらで、自分のぶんを食べてきてしまいましたので……」

「そうだよね。だから無理にたくさん食べなくてもいいから。——掃司は？」

「あたしお腹空《なかす》いてますから、いただけます！」

目を輝かせて即答した沙阿の脇腹を、紀緒があわてて小突いた。

「ちょっと。……すみません、わたくしどもは普段、こんなに上等なものをいただく機会が滅多にありませんので……」

「はは……いいよ、遠慮しないで。こういう事情だから、むしろ助かる」

「でも、みんなで食べても多すぎませんか？　さすがにこの量は」

干棗や松の実は日持ちがするので、こっそり持ち帰ってもいいだろうが、餅菓子や揚げた唐菓子は、早めに手をつけなくてはならないだろう。

「そろそろもう一人来るはずだから、手伝ってもらおう。——お、来た。おーい」

鳴矢が昼殿と夜殿を結ぶ廊に向かって、大きく手を振る。淡雪も首を伸ばしてそちらをうかがうと、深緑色の袍の官人が足早に歩いてくるのが見えた。

「……たしか、蔵人頭の……」

「そうそう、希景。そっか、淡雪は前の神事のときに会ってるか」

たしかに直接会うのはこれでまだ二度目だが、『目』ではよく見ている。以前も希景が夜殿に鳴矢を訪ねてきたところを見ていた。

……そういえば、あのとき蔵人頭は、わたしが天眼天耳の力を持っているんじゃないかって疑っていたのよね。

あのときは鳴矢が、もしその力を持っていたなら安心するという、予想外の返答をしたため、疑惑についてはうやむやになっていたが、おそらく希景はまだ警戒しているだろう。希景については鳴矢も信頼しているようだし、きっと有能な官人なのだ。こちらも疑いを深められないよう、ふるまいには気をつけなければならない。

「……本当に后を呼び入れたのですか」

夜殿に上がってきた希景が真顔のまま、しかし口調は呆れた様子で廂に並び座る面々を見まわした。淡雪は軽く頭を下げる。

「お久しぶりです、蔵人頭」

「……どうも。お邪魔いたします」

挨拶されたのが意外だったのか、希景は少し面食らったように、一瞬の間を空けて一礼を返してきた。

「あの、すみません。夜殿は、王以外の殿方は立ち入れないのでは……」

紀緒が身構える素振りをしつつ、鳴矢に小声で尋ねる。その横で沙阿と伊古奈が、誰ですか？　知らないわ、とささやき合っていた。

「ああ、うん、本来はね。でも希景はいいんだ。ここの書庫に、浮家の仕事に必要な書物があるから、希景だけ特別に許可してる。でも他言無用で頼むな。これも烏丸の典侍とかに知られたら、絶対うるさいから。――あ、掃司は知らない？　昼殿の掃除だけは内侍司がやるから、会ったことないかもな。蔵人頭の浮希景。すごく頭がよくてしっかりしてて、俺が一番頼りにしてるんだ」

掃司の三人に説明と紹介を一度にすませて、鳴矢は希景に手招きする。

「仕事の前に、希景もこの菓子片付けるの手伝ってよ。ああ、こっちの三人は淡雪を連れてきてくれた、掃司の……えーと、尚掃《かにもりのかみ》と、典掃《かにもりのすけ》の二人、で、合ってた？」

「はい。合っています」

淡雪が首肯すると、鳴矢も笑顔でうなずいた。

希景は直立したまま視線だけを動かして掃司の三人を見て、律儀に頭を下げる。

「蔵人頭の浮希景です。王に呼ばれましたので、同席させていただきます」

「これは御丁寧に……。わたくしは尚掃の竹葉《たけば》紀緒です。どうぞ、こちらへ」

紀緒が自分の横の空いている場所を手で示す。希景はいかにも礼儀正しそうな所作で、腰を下ろした。これで六人になった。なるほど、椀の数は合っていたのだ。

「さて、じゃあ食うか。――みんな好きに食べていいからな」

言いながら、鳴矢が唐菓子に手を伸ばす。淡雪もあとの四人が遠慮せず手を出せるように、鳴矢に続いて甘栗を摘んだ。

「……あー、これ美味《おい》しいですー。やわらかーい……」

「あたしたちにはたまにお下がりがきても、もうお餅なんてかっちかちに固まってるもんね……」

餅菓子を頬張りながら、沙阿と伊古奈は目を細めている。

「沙阿、夕餉のことも考えて、食べすぎないようにするのよ。——蔵人頭、どうぞ」

「……ありがとうございます」

紀緒から白湯の椀を差し出されて、希景は食べかけの唐菓子を口に押しこみ丁重に両手で受け取った。少し緊張気味にそれをひと口飲んで、希景が鳴矢に目を向ける。

「間食にしては相変わらず量が多すぎるようですが、膳司に注意をしますか？」

「ん？　いや、膳司は内侍司の命令で作ってるだけだからなぁ。内侍司っていうか、烏丸の典侍だけど」

「では烏丸の典侍を注意しましょう」

「希景が？　うーん、やめたほうがいいと思うけど。あの典侍ものすごく面倒くさいから、下手に意見したら、蔵人所の全員が目の敵にされるかもしれない」

「典侍一人に、そこまで気を遣われることはないと思いますが……」

腑《ふ》に落ちないといった様子で、希景は少し眉根を寄せた。

「烏丸の典侍は、六十五代目の王と、とてもつながりの強い方なのですよ」

甘栗を半分に割りながら、紀緒が控えめに言う。

六十五代目の王とは、在位十八年という歴代で最も長く王位にいた、繁家の三実王《みつざね》のことだ。

「三実王と……？」

希景が椀を床に置いた。

「はい。そもそも烏丸家が繁家に縁ある豪族なのだそうですが、烏丸の典侍は三実王の在位中に内侍司に入り、王に厚く信頼されて、尚侍さえ頭が上がらないほどの立場になったと聞いています。今日の外出も、三実王の館の花見に招かれているとか」

「……後ろ盾が厄介ということですか」

希景がますます難しい顔になる。鳴矢は胡桃を噛《か》みながら苦笑した。

「後宮の女官って、だいたい五十で辞めるっていうからさ。あの典侍も、そろそろのはずなんだよ。あと一年か二年なら、まぁ、波風立てないでおこうと思って」

「そうですか。……わかりました」

あまり納得していないようではあったが、希景はうなずいた。

「……長く勤めて立場が上になるなら、紀緒さんもすっごくえらくなれちゃいそう」

沙阿が独り言のようにつぶやいて、すぐに横目で紀緒を見て首をすくめる。

「不吉なことを言わないでちょうだい。この子は、もう……」

「ごめんなさーい」

　二人のやり取りに、淡雪が何のことかと隣りにいる伊古奈に目で問うと、伊古奈は懐から手拭き用の布切れを出して口元を拭い、普段より少し声を低くして言った。

「紀緒さん、家に帰れないんですよ。女官になってからいままで、お休みの日でも、一度も帰ってないんです。帰ったら、最悪の男と結婚させられちゃうから」

「――えぇ？」

「ああ、それは……」

　甘栗を口に運ぼうとしていた紀緒が、困ったような笑みを浮かべる。

「親が承知した縁談ではないのです。ただ、父の上役が無理やりわたくしの縁組みを決めてしまいまして」

「え、親御さんじゃなく、上役なの？　そんなことがあるの？」

「いやいや、ないだろ。何だそりゃ。聞いたことないぞ」

　鳴矢までもが身を乗り出し、紀緒はさらに曖昧に笑った。

「わたしくの父は役人で、もともと内蔵寮《くらりょう》に勤めていたのですが、十何年か前、上役に命じられて図書寮《ずしょりょう》に転属しました。ただ、後に転属を命じたその上役の引き立てで図書助《ずしょのすけ》に任じていただきまして、これは我が家の家格で六位の職務など望外のお役目でしたので、そのときは家族皆で喜び、上役にも感謝していたのですが……それからしばらくして、その上役が殿方を一人連れて、うちを訪ねていらしたのです」

淡々と話してはいたが、紀緒の表情が次第に険しくなってくる。

「聞けばその殿方は豪族の芝原《しばはら》家の方で、上役曰く、その方がわたくしを見初めて、妻にしたいと望んでいるので、すぐにでも縁談をまとめたいというお話で……」

「これ十年前の話なんですよ？　紀緒さんそのとき十四歳ですよ？　でもその相手の男って、そのときもう三十過ぎてて、三度目の結婚しようとしてたんですよ？　ありえないですよね!?」

「しかも相手の男、上役にばっかりずーっと話をさせて、自分は黙ってにやにやしてるだけだったんですって」

紀緒の話の最中、沙阿と伊古奈が勢いこんでしゃべり始めてしまった。しかも二人とも、どうやら腹に据えかねている様子で、前のめりになってきた。

「そうそう！　だったらそのまま黙ってればいいのに、そいつ、そのあと何て言ったと思います？」

「上役が紀緒さんのお父様に、芝原家に嫁げるなんて光栄なことだぞって言ったら、それまで挨拶すらしないで、ふんぞり返ってたそいつが――」

「まだ尻が小さいが、我慢してもらってやる、ですって！　あーもう、最っ低！」

「最低ー！」

沙阿と伊古奈が両の拳を握りしめて怒りの声を上げるころには、紀緒はすでに呆れ顔になっており、淡雪に向かって頭を下げる。

「すみません、品のない話を……」

「いやぁ、品がないのはそいつだろ」

「ええ。それは最低としか言えないわ……」

隣りでうわぁ、とか、げっ、とかつぶやきながら聞いていた鳴矢は、思いきり顔をしかめていた。淡雪としても、完全に沙阿と伊古奈に同意せざるをえない気分だ。

「二度と顔見せるなって、その場で家から蹴り出していいと思うぞ、それは」

「父も母も怒っておりましたし、きっとそうしたかったとは思いますが、我が家より相手のほうが、立場が強いのは明らかですので……。とにかく穏便にお帰りいただこうと、言葉をつくして丁重にお断りしてくれたのですが、こんな良縁はないのだから文句はあるまいと、上役が強引に決定してしまいまして」

「そんな……そんな縁談があるものですか？」

都での結婚事情など知るよしもなく、淡雪は鳴矢を振り返ったが、鳴矢も首を傾げている。

「いや、俺だってそんなの聞いたことないよ。親が決めるってのはよくあることだと思うけど、本人も親も承知してないのに、他人が勝手にまとめるなんて」

「親は断り続けてくれたのですが、とうとう上役が、誰のおかげで図書助になれたのかと怒り出してしまいましたので、父がとっさに、娘は後宮勤めが決まっているのでいますぐ嫁ぐことはできないと……もちろんこれは、口から出まかせでしたが」

相手が引き下がらないので、ひとまず時間稼ぎをすることにしたのか。

「それでもだいぶ揉《も》めましたが、最後には芝原家の方が、後宮勤めならせいぜい二年だろうから、それくらいは待ってやると、どうにか折れてくれましたので、その場はそれで切り抜けました」

「……それが理由で女官になったの？」

「はい。伝手《つて》も何もありませんでしたが、幸い掃司の女孺《にょうじゅ》なら、これはもう掃除から雑務全般を担う人手が入用な役目ですので、ここは常に空きがございます。大急ぎで逃げてまいりました」

「なるほど。後宮なら豪族どころか貴族だって、男はおいそれと入れないしな」

鳴矢が顎の先をひねりつつ、二度うなずく。

「そうなんですか？」

「そうだよ。男で後宮の中を自由に動けるのは、基本的に王だけだから。役人は昼殿までしか入れないし、庭師なんかも許可がいるし。あと女官の身内とか、愛妾がいた場合にその身内とか、外から面会に来るのも結構な手続きが必要なんだってさ」

だから先ほど紀緒は、夜殿に来た希景を気にしたのか。本来入れるはずがないと。

「でも、あの……さっき沙阿が十年前の話と言っていたけれど、まさか、十年ずっと後宮勤めをしているのは……」

「はい。先方があきらめてくれるまでは家に帰るまいと勤めておりましたら、十年が経ってしまいました。父と母がときどき面会に来てくれるのですが、芝原家の方は、いまだに月に五、六度は我が家を覗きにくるのだそうです」

「……」

隣りで鳴矢がまた、うわー……とつぶやいた。そんな声が出てしまうのもわかる。

これはもう、しつこいという域を超えている。

「十年ずーっと、結婚嫌がられてるってわかってないって、怖いですよね……」

「いまでもたまに上役からも催促が来るって、それも怖いよねー……」

ひとしきり怒ったらあとは気味の悪さだけが残ったのか、沙阿と伊古奈もそろって首をすくめ、しかめっつらで甘栗をかじっていた。

するとそこへ、ごり、ごり、とやけに大きくものを噛む音が響く。

音のほうへ視線を向けると、希景が据わった目で菓子の皿を凝視しながら、片方の奥歯を軋《きし》ませていた。おそらく胡桃か松の実だろうが、どんな噛み方をしたらあんな音が出るのか。

「……希景、いますごい怒ってるだろ」

鳴矢もその様子に気づいたようで、眉を下げて苦笑する。希景はゆっくりと白湯で口の中のものを流しこみ、椀を床に置く。

「……失礼しました。さすがに不愉快でしたので」

「申し訳ございません、このような不快な話でお耳汚しを……」

紀緒がすかさず謝ったが、みなまで言い終わらないうちに希景が言葉を被《かぶ》せた。

「あなたは何も悪くありませんので、頭は下げられませんように。不愉快なのはその下劣極まりない男と、ちゃちな権威を笠《かさ》に着て人に迷惑をかける官人の面汚しです。この話には蔵人所としても看過できない案件が含まれていますので、後日厳正に対処させていただきます」

早口で言い、希景は再び口に胡桃を詰めこむと、低い音を立てて嚙み始める。

「……って希景が言ってるから、何か状況が改善するかもよ？」

「改善させます」

「え、でも、あの……」

紀緒はあっけにとられた顔で、希景と鳴矢を交互に見た。

「お気に留めていただけたのは恐縮ですが、私事の縁談の揉めごとで蔵人所のお手をわずらわせるのは……」

「大丈夫です。私が必要と判断しましたので」

「ですが……」

「まぁ、いいんじゃないの。民の困りごとを何とかするのも、俺たちの仕事だよ」

のんびりした口調で、鳴矢が話を納めてしまう。紀緒はまだ腑に落ちないと言いたげな表情をしていたが、それでも小さくうなずいた。

つくづく人を丸めこむのが上手だ。そう思って淡雪が微かに笑いをもらすと、鳴矢が目ざとく顔を覗きこんでくる。

「ん？　何？」

「いえ。……あ、ちょっと」

その頰に何かついているのが目に入り、今度は淡雪のほうが鳴矢の顔を見つめた。

「え、どうしたの？」

「ここに……口の横に粉が付いています。餅菓子のでしょう。あ、触らないでください。かえって広がりますから」

淡雪は懐から出した布切れで、鳴矢の頰に付いた白い粉を丁寧に拭き取る。鳴矢はくすぐったそうに首をすくめつつ、おとなしくされるがままになっていた。

「……はい、取れました。手のほうも拭いておきましょう。真っ白ですよ」

「あ、ほんとだ。そういえば、さっきやたら粉っぽいのがあったな」

ついでに鳴矢の粉だらけの指先を拭いてやり、淡雪がふと顔を上げると、明らかに驚いた表情の希景と目が合った。

「……蔵人頭、どうかされました？」

「あ、いえ、別に……」

「希景。俺、ちゃんと淡雪と仲よくしてるよ。前に言ったとおり」

鳴矢が静かな口調で言って、甘栗の皿に手を伸ばす。希景は、はぁ、と気の抜けたような返事をし、考えごとでもするかのように下を向いてしまった。

そういえば掃司の三人には、鳴矢とどういうことになっているのかだいたい知られているが、希景のほうは、まさか王が密《ひそ》かに冬殿を訪れているなど、承知していないのではないか。そうだとしたら、あまり鳴矢になれなれしくしてはいけなかったかもしれない。

もっと気を引きしめなくては――と思ったが。

「さて。そろそろ花を見にいこうか、淡雪」

「え。……あ、はい。そうですね」

鳴矢が膝を叩き、勢いよく立ち上がる。うながされて、淡雪も腰を上げた。

沙阿に満面の笑みで、いってらっしゃいませ、と送り出されながら、淡雪はまたも鳴矢に手を引かれて階を下りる。

「ここにちょっと段差あるから気をつけて。……まず桜かな。こっちからまわろう」

「あの、鳴……王」

さも当然のように手をつないだまま歩き出した鳴矢に、淡雪は小声で話しかける。

「わたしも迂闊でしたけど……蔵人頭の前では、あまり親しくしないほうが……」

「え、何で？　希景は知ってるよ？」

「えっ？」

池に沿ってゆっくりと歩きながら、鳴矢がきょとんとした顔で見下ろしてきた。

「ちゃんと言ってあるよ。俺は淡雪と仲のいい夫婦になるつもりだって。希景もそれでいいって言ってるし」

「でも……蔵人頭は、浮家の方ですよね」

七家の一員ならば、天羽に対して思うところはあるはずだ。もっとも、鳴矢も一嶺家の者なので、七家の一員ではあるが。

「浮家全体なら、そりゃ、いろんな考えはあるだろうけど、少なくとも希景は、天羽とは関係改善を図ったほうがいいっていう考えなんだよ。やっぱり都に八家がそろって、それで『術』が安定するのが、あるべき姿だって。だから俺が淡雪と仲よくするのは、全然構わないってさ」

「……ちょっと待ってください」

淡雪が立ち止まり、それで手を引っぱられる格好になった鳴矢も足を止めた。

「それは、蔵人頭はわたしに、七家と天羽の里の、その、橋渡しのようなことを期待しているということですよね？」

「そうだね」

「……それは……難しいと思いますが……」

視線を地面に落とし、淡雪は言葉を濁す。

自分は知っているのだ。天羽家は都に帰るつもりなどないことを。七家から帰還を打診されても、おそらく拒否するだろう。

「まぁ、すぐには無理だと思うよ、俺も。何しろ七十年経ってるわけだしね。ただ、淡雪のことで希景が味方でいてくれるのはありがたいし、希景の考えも理解できるから、そこらへんは前向きに検討したいかなって。俺、一応、王だし」

「……一応ではなく、あなたは王です」

「うん」

鳴矢は歯を見せてにっと笑い、淡雪の手を引いて再び歩き出す。

「いつもの年なら、もう桜も藤も花の時季は過ぎてるんだけど、今年は冬が長かったせいか、どの花も咲くのが少し遅かったんだ。おかげでこんな時季に花見ができた。

……って言っても、もうちょっと早く呼べたらよかったんだけどね」

池を半周したところに八重桜の木があった。もう花の終わりで、少し赤みがかった葉のほうが目立ってきている。それでも木の下に立つと、丸みのある可愛らしい花が楽しめた。

「……」

淡雪は静かに息をつき、しばし名残の桜を見上げる。枝が風に揺れるたび、薄紅色の花びらが雪のように舞い散った。どこか懐かしさのようなものを感じるのは、毎日眺めていた花の色だからだろうか。

「あなたがくれた桜は……これですね？」

傍らに立つ鳴矢に視線を戻すと、鳴矢は桜ではなく自分を見ていた。

「そう。気に入ってもらえてうれしかった。冬殿に同じ桜を植えたいんだって？」

「来年もまた花を見たいですが、二度も枝を折っていただくのは申し訳ないですし、ここの桜の枝ぶりも変わってしまうでしょうから……」

「他にもいろいろ植えるといいよ。冬殿はちょっと花が少ないと思う」

そう言った鳴矢の肩に、散り落ちた花びらが一枚、引っかかる。淡雪はつないでいないほうの手で、花びらをそっと払った。

「何？　あ、花？」

「はい」

「淡雪も髪に……」

結ったあたりに付いていたようで、鳴矢が摘んだ花びらを見せてくる。

「髪、きれいに結ってあるから、指を引っかけやしないか、いまちょっと怖かった」

「伊古奈が今日は特に、腕によりをかけて結ってくれました」

「淡雪に似合ってる。……し、あの、さっき言いそびれたんだけど」

一瞬忙《せわ》しなく目を泳がせて、顎を引き、鳴矢はまた淡雪に視線を定めた。

「……淡雪、今日、すごくきれいだ。いや、いつもきれいだし、いつもかわいいし、あ、これはいつもと比較してるわけじゃなくて、えーと」

「あの、大丈夫です。言いたいことはわかりますから……」

途中から狼狽《ろうばい》し始めてしまった鳴矢に、淡雪は落ち着くようにと手振りをする。

「夜ですと、いつもあんな格好になってしまいますので……昼間にお目にかかるときくらい、きちんとしようと思いまして」

「や、夜は夜で、うん、あれはあれでかなりうれしいけどね？　気を許してくれてる感じが」

そういう解釈もできるのか。それならあまり気にしなくていいのかもしれない。

「うん。どういう格好でも淡雪はかわいいんだけど……やっぱり明るいところで顔を見られるって、いいな」

「……そうですか」

それは、自分もそう思う。

昼間、一人でいるとき、どこを『目』で見にいってもいいはずなのに、結局鳴矢の姿ばかり追ってしまうのは——明るいところで、この屈託のない笑顔を見たいからだ。

少し強い風が吹き、また花びらが降りそそぐ。

結わずに背中に流してある部分の髪が大きくうねるのを、片手で押さえながら鳴矢を見上げると、今度は鳴矢の髪にも花びらが数枚、くっついていた。

「ここにいたら、花びらに埋まってしまいそうですね……」

微苦笑を浮かべて、淡雪は鳴矢の髪に手を伸ばす。

鳴矢の背丈に届かせようと踵《かかと》を浮かすと、真正面から目が合った。

「……」

笑っているようで笑っていない、どこか強張《こわば》った表情が、すぐそこにあって。

摑《つか》まれている手に、だんだん力がこめられてきて。

顔が。

近いような気が——

「……っ！」

突然鳴矢が勢いよく頭をのけぞらせ、はずみで淡雪も踵を下ろす。

それでも手だけは離されなかったが。

「あ――藤！　藤も見にいこう！　あと、えーと」

「……」

どうしてこの期に及んで身を引くのかと訊きたい気持ちと、これも昨日寺で言っていた手を出すのが怖いという自制心ゆえかと納得する気持ちが、同時にわき起こっていた。

手はつながれている。

でも鳴矢がそこまでにしておきたいと思っているなら。

「藤と……あちらにあったのは、山吹ですか？」

淡雪が言うと、鳴矢は少しほっとしたような表情で大きくうなずいた。

「そうそう。山吹もまだ咲いてるんだ。あ、あと躑躅《つつじ》も。ほら、こっちこっち……」

顔が触れ合うほど近づこうとはしなかったのに、絶対に離そうとしない手と、自分を引っぱっていくその力強さに、鳴矢の葛藤が見てとれる。

……あなたが悩んでいても、わたしが何もしてあげられないのは、さびしいわね。

鳴矢の頭の後ろで束ねられた真朱色の髪を見つめながら、せめて自分から手を離すことはするまいと、淡雪はつないだ手をしっかりと握り返した。

「三人とも、今日は本当にありがとう」

　夜殿での花見から無事戻り、夕刻以降は普段どおりにすごした後、すべての用事を終えて冬殿を辞そうとする掃司の三人に、淡雪は礼を言った。

「いいえ、わたくしどもまで同席させていただきまして、こちらこそありがとうございます」

「のんびりできて、お庭も見られて、あたしたちも楽しかったですー」

「お菓子美味しかったですし！　残りもみんないただいちゃいましたしっ」

　丁寧に頭を下げ返した紀緒と伊古奈の後ろで、食べきれなかった菓子を詰めこんだ布包みを掲げてみせる沙阿に、淡雪は小さく吹き出す。

「独り占めしたらだめよ？　沙阿」

「えっ、しませんしません！　これはちゃんとうちの女孺たちと、あと殿司と兵司のみんなにも分けるんですから！」

　沙阿があわてて首を振り、紀緒が苦笑しつつうなずいた。

「夜殿の清掃中に、たまたまいらした王から下賜されたということにして、同じ宿舎の皆と分けるつもりです」

なるほど、それなら上等な菓子を持ち帰っても不自然ではない。

「じゃあ、早く持っていってあげるといいわ。みんなが寝てしまう前に」

「はい。では失礼いたします。おやすみなさいませ」

「お疲れ様。おやすみなさい」

三人が部屋から出ていくのを見送り——淡雪は最後に退出しようとしていた紀緒を呼び止めた。

「あ、紀緒さん……」

「はい」

素早く踵を返し、紀緒だけが戻ってくる。

「引き止めてごめんなさいね。ちょっと思い出して。昼間の……あなたの縁談の話」

「ああ……はい」

紀緒は少しすまなそうな笑みを浮かべた。

「つまらない話をお耳に入れてしまい、申し訳ございませんでした。わたくしは後宮勤めができてありがたいと思っておりますので、縁談がどうなろうと、まだまだ辞めるつもりはありません。ですから、どうかお気になさいませんように」

「紀緒さんがここにいてくれるのはわたしも心強いけれど、理不尽を放っておくのは話が別だわ。わたしたちが庭に下りたあと、蔵人頭は何か言っていた？」

紀緒の力になりたくても、表立って自分ができることは何もない。鳴矢か希景に、紀緒を助けてあげてほしいと頼むのが一番現実的だが、実際に行動できるとしたら、希景のほうだ。

「……実はあのあと、蔵人頭から、もう少し詳しく聞きたいとお申し出がありましたので、いろいろとお話ししましたが……」

「ああ、そうだったの」

それならこちらから催促しなくても、希景が率先して動いてくれるのだろう。厳正に対処すると言ったからには、本当にそうしてもらわなくては。

「それだけ気になっていたのよ。蔵人頭が本当に対応してくれるなら、よかったわ。じゃあ、今度こそおやすみなさい」

「はい。失礼いたします」

紀緒は気恥ずかしそうな表情を見せ、すぐに一礼して出ていった。

「……」

部屋の奥に戻り、寝台に腰掛け――淡雪は深く息をつく。

いつもと違う一日をすごし、体は疲れているはずなのに、頭が冴《さ》えてまったく眠くなかった。昼寝する時間は常にあるので、寝られなければ寝なくてもいいのだが。

……起きていても、さびしいだけだわ。

今日は『目』ではなく自分の目で鳴矢を見られて、話ができて、手をつなげて――充分すぎる一日だったのに、もう鳴矢に逢いたいと思っている自分がいる。

何という我儘《わがまま》なのか。

あれだけの時間を一緒にいられて、あとはもう次の神事まで逢えなくても仕方ない、くらいに割り切らなくてはいけないのに。

逢えば逢うほど、独りがさびしくなるなんて――

ふいに、視界の隅を何かがかすめる。顔を上げると、炎の色の小鳥が自分の周りで羽ばたいていた。

「鳴矢……」

呼びかけると、小鳥がぼうっと青白く光る。これは鳴矢が、冬殿を訪ねてもいいかと問うている合図の色。……まさか。

「いまから来てくれるの？　鳴矢……」

昼間に逢ったばかりで。同じ日の夜に。

思わず立ち上がると、建物の裏手で物音がした。女官たちの誰とも違う、この重い足音は。

「っ……」

部屋の扉を勢いよく開けると、もうそこに髪を解いた夜着姿の鳴矢が立っていた。

「早く……ないですか？」

「……ごめん」

「いえ、どうぞ……」

鳴矢を招き入れると、その頭上にはいつものように炎の塊が浮いていて、部屋中が明るくなる。

「もしかして、掃司の三人が帰るのを、外で待って……」

「あ、えー……うん、まぁ」

目を逸らした。これは図星だ。

「いったいいつから……」

「いやいやいや。いま。いま来たばっかりだから」

時間はともかく、同じ日に来るとは、何かあったのだろうか。もしかしたら喜んでいられる話でもないのかもしれない。淡雪は少し不安になり、鳴矢を見上げる。

「あの、どうして今夜……」

「ん？　ああ、いや、特に用があったわけじゃなくて」

「え」

「……まぁ、昼間逢えたけど、また逢いたくなったっていうだけで」

早口の小声で。

つまり、昼間逢ったからもういいというのではなく。

「あっ、でも淡雪が眠かったら、これで」

「眠くありません」

本当のことだ。だから目をしっかりと開けて鳴矢を見ると、鳴矢は明らかに安堵の息をついた。

「そっか。うん。あ、けど、長居はしないよ。ちょっと話せたら、それで——」

首の後ろを掻きつつ照れたように笑っていた鳴矢が、ふと部屋の奥に目を留めて、真顔になる。

視線の先には、壺に生けられた花のない桜の枝。

「……あれ、まさか例の桜？　もう花はひとつもないよ？」

「はい。すべて散ってしまいましたので」

「ので……って、何でそれであのまま？　捨てないの？」

「捨てません」

きっぱり返事をすると、鳴矢は口を半開きにして振り返った。

「枝だよ？」

「わかっております」

「いや、枝だけ残しても」

「いけませんか？」

「いやいや、いけなくはないけど。さすがに見ても楽しくないんじゃ……」

「楽しいですよ。あなたがくれたものだと、思うだけで楽しいです」

枝だけになっても、咲いていた花を思い出せる。思い出せれば、それは咲いているのも同じだ。

「……淡雪」

鳴矢が体ごと向き直り、困惑気味に訊いてくる。

「あのさ、その——たとえば、俺が淡雪に石ころをあげたら、とっておくの？」

「小石でしたら、いつも持ち歩けていいですね」

「持ち歩くの？」

「くださるのでしたら」

「……贈り物としてありえないって、思わない？」

「ありえるかありえないかは、贈る側と受け取る側の心ひとつではないですか？」

鳴矢がくれるものなら、それがたとえ石ころでも、何か意味があるはずだ。それはもう、ただの石ころではない。

そう思いながら鳴矢を見上げていると、鳴矢は額を片手で押さえ、あー……と声を出しながら、天を仰いだ。

「どうなさいました?」

「そんなかわいいこと言っといて、どうなさいましたって……」

「……思ったことを言っただけですが」

答えると、鳴矢が額から手を外し、背を屈《かが》めて顔を覗きこんでくる。

「どんなつまんないものでも、俺があげたものなら大事にするって、淡雪、そう言ってるんだけど」

「はい」

そのとおりだ。だからうなずいたのだが。

「……」

鳴矢は一瞬だけ、苦しいような表情を見せ――ごめん、とつぶやいてから抱きしめてきた。

謝る必要など何もないのに。

包みこむような抱擁には、ためらいがうかがえた。

鳴矢の葛藤を知ってしまったいまとなっては、遠慮しなくていいとも言えない。

ぬくもりに安心しながら、もどかしさばかりがつのっていく。

抱きしめ返したかったが、完全に鳴矢の腕の中に納まってしまっているので、身動きがとれなかった。代わりに鳴矢の首元へ鼻先を押しあてる。

どれくらいそうしていたか――

自分から離れる気もなく、ただあたたかさに身をゆだねていると、鳴矢が小さく息をつき、ゆっくりと腕を解いた。

「……淡雪、寝ちゃった？」

「起きていますが……」

「あ、いや、静かだったから」

「立ったままでは、寝られませんね」

「まぁ、そうか」

鳴矢は苦笑して、寝台のほうへ視線を向ける。

「どうぞ。お掛けください」

「……うん」

淡雪と鳴矢が寝台に並んで座ると、炎の色の小鳥がどこからともなく飛んできて、花のない桜の枝に止まった。

「……何も咲いてなくても、あいつの止まり木にはなるのか」

「あの子、よくあそこに止まるんですよ。あの枝が好きなんでしょうね」

そう言って、淡雪は目を細める。

「あの子も、あなたからの贈り物でしたね」

「ん？　ああ、そうか」

「……でも、やっぱりあの子は、いずれあなたにお返しすることになると思います。天羽の里には、連れていけませんから……」

天羽本家の人々は、都の七家を信用していないようだった。王の『火』である小鳥を連れ帰ったら、きっと強く警戒されるだろう。

この小鳥をくれた、鳴矢の心遣いはうれしかったが、冷静に考えてみると、気持ちだけではどうにもならないことはある。

「……淡雪は、五年経ったら里へ帰ること、どう思ってる？」

うつむいてしまっていた淡雪は、鳴矢の少し硬い声に顔を上げた。

「わたしは……このあいだもお話ししましたが、天羽の里に愛着はありませんから、しいて帰りたくはないのですが……」

「……ずっと都にいてもいい？」

「それが許されるのでしたら、そうしたいです」

ただし、都に、という部分はちょっと違う。正確には、鳴矢のいる都に、だ。

「天羽の里で、かつて后だった白波姫と夕影姫から、ここでの暮らしについても少し聞いてきました。お二人ともあまりいい思い出はなかったようで、無事に里に帰れて安心したというようなことは、言っておいででした。……わたしは里よりも、ここのほうがだいぶ居心地がいいので、お二人の言葉が、いまでは不思議です」

「淡雪……居心地、いいんだ？」

「はい」

もちろんこれは里での巫女暮らしと比較しての話で、たとえば冬殿と夜殿を自由に行き来できたらさらに居心地がいいと言えるが、多くを望んでもきりがない。

「白波姫や夕影姫がいた時期の後宮とは、きっと事情が違うこともあると思います。ですから、ただわたしが恵まれているだけかもしれませんが」

「その二人は、前の静樹王のときの后じゃないんだっけ？」

「前の王の后は、冬木姫と空蟬姫ですね。冬木姫は病がちでずっと臥《ふ》せっているからと、会えませんでした。こちらにいるあいだに、病んでしまったと……」

何があってそこまで心身を疲弊させてしまったのか、聞けるものなら聞いておきたかったが、聞いていたらいたで、余計な先入観を持ってしまっていたかもしれない。

そう考えると、ほどほどの知識で都に来たのは、結果としてよかったのだろう。

「空蟬姫には——会ってないんだっけ」

つぶやいた鳴矢の声は、幾らか沈んでいるようだった。

「はい。空蟬姫はわたしの叔母にあたる人ですので、会ってみたかったんですが」

「え、叔母？」

「母の妹なんです。でも天羽の里では顔を合わせる機会がなくて。わたしがこちらへ来るとき、どこかですれ違えるかと思っていましたけれど」

「そうだったんだ……」

鳴矢の声が、ますます低くなる。

「たぶん、淡雪が都に着くか着かないかぐらいのときに、空蟬姫も都を出たはずなんだよね。そっか、叔母上なら会いたかったよね」

「ええ。残念です」

「せめて見つかるといいんだけど……」

「難しいかもしれません。白帯川は場所によっては深いところもあって、雨が降ったあとは危ないと、聞いたことがありますから……」

「あー、そうなんだ……。無理に渡らなきゃよかったのになぁ」

「本当に無理そうでしたら、船頭が舟を出さないはずなのですが……」

「だよね。いつもそこを渡ってる船頭なら、そこらへんはよくわかってるはず──」

鳴矢がふいに、言葉を切った。

一瞬の沈黙。

「……俺、淡雪に、空蟬姫のこと、まだ話してないよね？」

まだ。

聞いて、いない。直接は。

しまった——

頭の先から、何かが急激に下がっていく。

意識を手放しそうで手放せないぎりぎりのところで、淡雪は目を見開き、真っ白にしか見えない床の一点を見つめていた。

「白帯川っていう場所まで知ってるなら、誰かから聞いたんだよね？　空蟬姫が流されたこと」

どうして。

こんな失敗、天羽の里では絶対にしなかった。

ちゃんと自分の耳で聞いた話と『目』で見て知ったことは、頭の中で整理できていた。ここでの正しい対応は、せめて見つかるといいんだけど、と鳴矢が言ったあと、叔母の身に何かあったのですか、と訊き返すことだったのに。

「淡雪、教えて。誰に聞いた？」

いまさら正解に気づいても遅い。悔いている時間もない。いまなすべきことは。

「誰……だったでしょう」

淡雪は、どうにか首を傾げてみせる。

「ちょっと、忘れてしまいました。ああ……聞いたというより、小耳にはさんだだけだったかも……」

「でも、女官の誰かが話してたってことだよね。淡雪が知ってるんなら」

白む視界の中に突然、鳴矢の険しい表情が割りこんできて、遠のきかけていた意識が引き戻される。

「淡雪。実はこの話、俺と真照と希景と、あと院司の役人しか知らないはずなんだ」

……え。

「このあいだ空蟬姫を送っていった前の王の院司の役人の一人が、空蟬姫が白帯川に落ちて流されたことを知らせてくれた。詳しい事情がまだわからないし、事故かどうかも判断できないから、この件はまだ、俺と真照と希景の三人の中だけで収めておいて、あとは院司たちが石途から全員帰るのを待つことにしたんだ」

「……」

「院司たちはまだ帰ってない。このことを知らせに一度帰った役人も、すぐまた石途にとって返したから、そいつも戻ってない。一応そいつにも口止めしてあるし、俺も誰にも話してない。だとすると、真照か希景のどっちかが、誰かに漏らしたってことになる。二人とも、そんな口は軽くないと思ってたんだけど……」

百鳥の蔵人が、許婚《いいなずけ》の香野さんに話したんじゃないですか——と、言おうと思えば言えた。

だが、それはただのその場しのぎでしかない。

鳴矢はきっと明日、真照に確認するだろう。そして真照は、否定するはずだ。自分は誰にもしゃべっていないと。鳴矢はそこで迷うことになる。どちらの言い分を信じるべきか。

より強く疑われるとしたら、おそらく真照のほうだ。現に、女官としか接触のない閉ざされた生活をしている后が、知るはずのないことを知っていたのだから。それはどこかで秘密が漏れなければ、ありえないことなのだから。

真照がいくら抗弁しても、その信頼は損なわれるだろう。それは鳴矢にとっても、腹心の臣下を一人失うということだ。

……わたしのせいで。

自分がここで失敗を認め、真実を伝えなければ——間違いなく二人が不幸になる。

淡雪は目を閉じ、立ち上がった。

「……淡雪？」

終わりだ。

鳴矢は以前、希景が天羽の后が天眼天耳の力を持つ可能性に言及したとき、言ってくれた。——本当に淡雪がその『鳥の目』を持ってるなら、俺は安心できる。よかったって思う。持っててほしいと思うよ、と。

その力を持っていれば、冬殿に閉じこめられていても、外に出た気分になれて退屈しないだろうから、と。

鳴矢はやさしい。やさしいから、かばってくれたのだ。

でもそれは、本当にその力を持っているなんて、思っていないから言えたことで。

そう。……鳴矢は信じていなかった。この髪が黒いから。

力を持っていて、『術』を使ったことがあるなら、髪が黒いままなのはありえないのだ。だから希景の懸念を、本気にはしなかった。

あれが真実だったとわかって、それでも鳴矢は同じことを言えるだろうか。

自分の生活を覗き見られる気味の悪さを、やさしさが超えるなんて、そんなこと。

「……」

目の奥が熱くなってくる。でも、だめだ。泣いてはいけない。

涙でごまかすなんて、そんな卑怯な真似《まね》は絶対にできない。

一歩、二歩、前に出る。

まぶたを開くと、桜の枝と、そこに丸くなって止まる小鳥が目に映った。

……ああ。

短いあいだだったけれど、幸せだった。

間違いなく、これまで生きてきたうちで、一番、最高に幸せだった。

これでいいのかもしれない。

少なくとも鳴矢を、これ以上、悩ませずにすむ。

五年経って、鳴矢が何の未練もなく天羽の里へ返せる后になれるのだ。

わたしはこれまでどおり、また心を平らにして生きよう。何も期待せず、すべてをあきらめて、静かに、人形のように。

振り返り——淡雪は鳴矢の前に立った。

もうすぐ嫌悪に変わるはずの、いまはまだ、途惑いの表情を目に焼きつける。

「……口の軽い人は、いません」

「え？」

「信じてさしあげてください。お二人とも、誰にも空蟬姫の話を漏らしていません。……わたしも、誰からも教えてもらってはいません」

「……どういうこと？」

さようなら、鳴矢。

かなうならもう一度だけ、抱きしめてほしかった。

「蔵人頭がお話しされていたでしょう。天羽の女には『鳥の目』を持つ者がいると」

「……」

「見ていました。……見て、聞いていました。誰も、他言したわけではありません。

ただ、あなたが受けた報告を、わたしも、わたしの『術』で見聞きしていました」

　鳴矢はしばらくぽかんとしていたが、やがて大きく目を見開いた。

「あ――天眼、天耳？」

「そうです」

「え。え？　ほんと？　ほんとにそれ？」

「はい」

「え――あれ、でも、髪の色……」

「ええ。黒髪です。ですが力は持っています。私の髪は、黒すぎるんです」

「……ん？」

「生まれたときは榛色でした。でも、この力に気づいて、『目』を使うようになって、だんだん黒くなっていきました。変わったんです。黒い色に」

「え……えー……初めて聞いた……」

　鳴矢はまだ、口をあんぐりと開けている。この飲みこみの遅さが、かえってせつなかった。

「わたしのこの力のことは、母と天羽の里の長、それと同じ巫女の館にいた中でも、特に位の高い巫女のうちの二、三人しか知りません」

「え、もしかして秘密の力？」

「あえて隠す必要はありませんが、人に知られれば、どうしても不快にさせてしまいますので、できるだけ秘密にしています」

「……何で不快？」

これは、こちらを気遣ってわからないふりをしているのではなく、本当にわかっていない様子だ。この力の迷惑な部分に、まだ思い至らないようである。

言わなければいけないのか。自分の口で。

「誰だって、気分が悪いでしょう。知らないうちに、自分の生活が覗かれているかもしれないなんて」

「……あ。ああ……」

「そんな力を持つ者が近くにいるなんて、知らないほうが幸せです。……あなただって、嫌でしょう。わたしにいつも見られていたら」

「え。淡雪、俺のこと見てたの？」

何故。

いま、ちょっとうれしそうな顔をしたのか。

「見ていましたよ。合議でつまらなそうにしているところも、寺で子供たちと鞠打をしているところも」

「へー。えー、見てたんだ。えー……？　え？　どこまで？」

「え？」

「湯浴みも？」

「見ていません」

どうも思っていたのと違う話の流れに、淡雪はぎょっとして首を振る。

「そこは断じて見ていません。誰の家でも湯殿と厠《かわや》は絶対に見ないと、昔から決めています」

「へー、そうなんだ」

別に誰に意見されたわけでもないが、さすがに自分が一番覗かれたくない場所は、避けてきた。

「湯殿は見ていませんが、あなたが、他の方といろいろ話すところも、聞いていますので……もちろん、全部ではありませんけど……」

「どういうふうに？」

「えっ？」

「いや、その力って、どうやって使うのかと思って。いま使える？」

「……使えますが」

「見せてもらっていい？　その『鳥の目』使うとこ」

嫌悪の前に好奇心が勝ったのだろうか。だとしても、ただ別れの前の時間が、少しだけ延びたにすぎないのだが。

淡雪は仕方なく、再び寝台に腰を下ろす。

「立ったまま『術』を使うと、体が倒れてもすぐには対処できませんので、座らせてください。……何を見てきますか？」

「えーと、遠くのものが見られるんだっけ？」

「ここから飛びますから、あまり遠いと時間もかかりますが」

「じゃあ、近くで。そうだなー……」

鳴矢はしばし考えて、あ、と声を出し、片膝を叩いた。

「そうそう、あれだ。あれにしよう。さっき掌侍《ないしのじょう》が夜殿の水差しを取り換えにきたんだけど、それ、俺も初めて見るやつだったんだよね。どんな水差しかわかるかな。色とか柄とか形とか」

「……あなたがいつも日記を書いている部屋の隅にある、白湯の水差しですね」

「お、場所知ってるんだ」

「少しお待ちください」

目を閉じて、『目』を開ける。

興味深そうに――そして無遠慮に、こちらの顔を覗きこんでいる鳴矢を、束《つか》の間《ま》、上から眺め、淡雪は壁を突き抜けて外に飛び出した。

か細い月の頼りない光にかろうじて浮かぶ後宮の光景は、もう見慣れたものとなっている。壁を通る感覚は好きではないが、最短の距離で夜殿に入るには、まっすぐに進むのが最も早い。

半ば自棄《やけ》で鳴矢の部屋に飛びこむと、室内には釣燈籠《つりどうろう》の灯《あか》りしかなく、いつもよりかなり暗かった。主が不在だと、昼間のように照らしてくれる『火』もないのだ。

だが、物の場所はわかる。何度も見た部屋だ。今日の昼間には通してもらった。

あのとき使った水差しは、いつもの無地の白磁だったが。

……これね。

薄暗い中でもできるだけ特徴をとらえようと、ぶつかりそうなほど近づいて眺めていると、ふいに何かが頰に触れ、思わず『目』を閉じてしまう。

「……」

昼間、桜の木の下にいたときよりも近くに、鳴矢の緊張気味な顔があり、左の頰は鳴矢の右手に完全に覆われていた。

「ひとつ……申し上げ忘れておりましたが」

「うん」

「この『術』を使っている最中は、眠っているようにしか見えませんが、間違いなく起きておりますので、近くの物音は聞こえますし、もちろん誰かに触られればわかりますし、どんなに遠くを見にいっていても、本物のこの目を開ければ、そこで『術』は途切れますので、すぐに戻ってこられます」

「はい。ごめんなさい」

素直に謝って、鳴矢はそろそろと手を離し、首をすくめつつ身を引いて座り直す。

「……暗くてよく見えませんでしたが、あれも舶来の白磁でしょう。形はいつもの水差しに比べて、口が広いですね。絵が描かれていましたが、孔雀《くじゃく》ですか？　美しいというより、暗い中で見ると、少々気味が悪かったですが……」

「あ、やっぱり？　あれ不気味だよね？　俺もそう思った。あの孔雀の顔がさ。下手なのか上手《うま》いのかよくわかんないけど、やっぱりあれ、取り換えてもらおう。無地のままのがいいや」

鳴矢は腕を組み、何度もうなずいて、それからはっと顔を上げる。

「……ほんとに見えるんだ」

「ですから、そう言いました」

「へー、いいなぁ。都にいても、都の外が見えるんだ」

「……わたしの力では、そこまで遠くは見えません。あまり遠くを見たり、長い時間続けて『術』を使ったりしますと、やはり疲れます。天羽の里にいるときも、どれほど頑張っても、見えるのは藍沼の手前くらいまででした」

「あ、そこは他の力と同じなんだ。限界があるのと、使えば使うだけ消耗するとこ」

「はい。限界もありますが、この『術』を使っているときは、自分の体が置き去りになります。すぐ戻れるとはいえ、それはどうしても不安ですので、間違いなく一人でいるときや、寝たふりができるときにしか使いません」

「……あー、さっきみたいなことがあるし？」

「そうですね。さっきはあなたが触ったので気づきましたが、触られなければ、どれほど近づかれても、わかりません」

「触ったの失敗だったかぁ……」

鳴矢は無念そうに天を仰いだ。……いったい何をしようとしていたのか。

ここにきて、淡雪は先ほどから、鳴矢といつものような会話しかしていないことに気づく。

自分はたしかに天眼天耳の力を持っていると打ち明けたし、その力を使うところも見せたし、それが嘘《うそ》ではないと、納得もしてもらえたはずなのだが。

……どうして。

あまりに普通な鳴矢を、じっと見つめてしまう。

「ん？　何？」

「……気持ち悪いと思わないんですか」

「何を？」

「わたしをです。わたしは、あなたの暮らしを勝手に覗き見ていました。もちろん、ここに女官たちがいない時間だけですが、あなたにだって、見られたくないところはあるでしょう。それなのに、わたしは……ただ、わたしが……」

あなたを、見ていたかっただけ――

また涙をこぼしそうになって、淡雪は一度きつく目を閉じる。

「……相手がどう思うかにかかわらず、勝手に覗き見てしまえる力なんです。卑怯でしょう。母に会うたびに言われてきました。何を見ても聞いても、決してそれを口にしてはいけないと。口にしたら、困ったり傷ついたりする人がいるからと」

「淡雪」

「それが見てはいけないものだったら、自分の身も危うくなると。そうです。わたし聞いてはいけない空蟬姫の話を聞いていたんです。それがまだ秘密のことだと知らなくて、あなたに、大事な人たちを疑わせた……」

ずっとずっと、幼いころから、本当なら見るはずのないものをたくさん見てきた。

それはすべて、見てはいけないものだった。

誰より知られたくなかった人に、最も幸せな日に、この卑怯な力を知られたのは、きっと、これまでの報いだ。

日々どれほど祈っていても、天の神は見逃してはくれなかったのだ。

「……淡雪、もしかして、その力、嫌い？」

「嫌いです」

強い口調で返してから、違う、と思う。

「違います。……嫌っているのは力じゃありません。嫌いなのは、わたし自身です。この力を、ただ退屈しのぎに——自分のためだけにしか使っていない、わたしが一番嫌いです。卑怯なのは、力ではなくて、使うわたしです」

「……そうかな」

つぶやいた鳴矢の、その声はとても素朴に聞こえた。

「俺は違うと思う。いや、淡雪が、自分を嫌いっていうのは、わからなくはないんだけど。つまり、罪悪感でしょ。黙って見ちゃってるっていう」

「そうです。それなら力を使わなければいいだけなのに、結局使ってしまうんです。ずるいんですよ。外に出られないのはみんな同じで、毎日変化のない巫女の務めも、黙って耐えているのに。……耐えて、耐えきれなくなって疲れはてる、あんなふうになりたくなくて、結局、気をまぎらわせる方法を、他に知らないから……」

言い訳だ。

多くの巫女たちは、どうにかして退屈を日常にしていたのに。

こんなのは、自分の意志の弱さを露呈しているだけで。

「うん。俺が淡雪と同じ立場で、同じ力を持ってたら、きっと同じように使う」

「……」

それがずいぶん物静かな声で、淡雪は目を開け、隣りを見てしまう。

鳴矢は片足をもう片方の膝にのせて足を組み、上体を傾げてこちらの様子をうかがっていた。

「どんな力を持って生まれるかは、選べないからね。その力を持ってて、自由に外に出られない暮らしをしてたら、たぶん、誰でもそうすると思う。……もしかしたら、淡雪以外にも、同じ力を持ってる子だっていたんじゃないの？　淡雪と同じように、秘密にしてるだけで」

「……いたかもしれません」

「だったら、淡雪だって一方的に見てるばっかりじゃないんだし」

「そうだとしても、わたしが身勝手なのは変わりません」

「そんなに気にするんだ？」

「だって、それは……」

「俺、淡雪に見られてても、気持ち悪いなんて思わないよ」

あたりまえのことのように。

鳴矢は、さらりとそう言った。

「そもそも見られて困ることなんて、そんなにないはずなんだけどなぁ。淡雪、いつ俺のこと見てたの？」

「……女官がいない時間です。朝餉《あさげ》と掃除が終わって掃司が帰ってから、昼に膳司と薬司が来るまでのあいだと、昼の間食をすませたあとから、夕方に湯浴みと夕餉のために女官たちが来るまでのあいだ。それと皆が帰って、寝る前の少しのあいだ……」

「へぇ、俺の一日の流れとほとんど同じなんだ。俺は朝、執務だけど」

「朝の合議は見ないで、縫い物や琴を弾いてすごすときもあります。そういうこともしておかないと、一人で何をして時間を潰しているのかと、あやしまれるかもしれませんから……」

「あー、合議は退屈だもんなぁ。あれは見ててもつまんないよな」

わかるわかると、鳴矢はのん気に笑う。

「合議じゃなくても、俺ばっかり見てててもつまんないんじゃない？　他にどこか見にいった？　市なんか面白いんじゃないかな」

「……初めのころは、都の中も、ひととおり見ました。でも、あなたを見ているのが一番楽しかったので、最近はあなたしか……」

「え」

鳴矢の発した驚きの声に、とっさに顔を背けてしまった。楽しいなどと言われてもうれしくはないだろう。毎日覗いていたことに違いはないのだから。

「俺、見てて楽しい？」

「……あなたが、楽しそうに鞠打をしていましたから」

合議であくびを嚙み殺していても、日記を書くために筆を持ったまま物思いにふけっていても、それはそれで楽しかった。

どんな表情も、眺めていられれば、心があたたかく、穏やかになれた。

「淡雪。……ちょっとこっち向いて」

いつものやさしい声色で呼ばれ、抗《あらが》えるはずもなく顔を上げる。

鳴矢はどういうわけか、何か愉快なことが起きるのを期待しているような、そんな表情をしていた。

「あのさ、普通の夫婦なら、一緒に暮らしてるよね」

「……だいたいは、そうですね」

「一緒に暮らしてたら、いろんなところ見るよね。もちろん、いいところだって見るだろうけど、全然だめなところとか、かっこ悪いところとかも見るよね」

「そう……かもしれません」

「淡雪が見てた俺って、一緒に暮らせてたら、普通に見てる範囲なんじゃないかな」

「……」

それは——そうかもしれないが。

「でも、わたしが一方的に見ているだけです。それは不公平でしょう。あなたもわたしのだめなところを見てくれているなら、同じだと言えますけど」

「これから一緒にいる時間が増えれば、同じになってくるんじゃない？」

「一緒にいるときならしないことだってあるでしょう。あなたが誰にも見られていない、聞かれていないと思ってしていることだって、わたし、見ているんですよ」

「え、どんな？」

「どんなって……」

言うしかない。この力のことを、鳴矢がまだよく理解していないなら。

「……あなたが夜に、冬殿の表門の前に立って、開かない戸を押したり引いたり」

「あ」

「蔵人頭が、わたしが『鳥の目』を持っているかもしれないから気をつけるように、忠告にきたときも」

「え、あれ見てた？」

「見ていましたし、聞いていました。蔵人頭が帰ったあとの、あなたの……」

目の前に自分がいるかのように語りかけてくれた、あの告白も。

すぐには思い出せなかったのか、鳴矢は少し考える素振りをして、それからあっと大きな声を上げた。

「あれ――えっ？　あれも？　聞いてたっ？」

「ですから、聞いていましたって……」

「うわ……さすがにあれは恥ずかしい。完全に独り言のつもりだった……」

「ほら、だから言ったんです。不快にさせるって」

「え？　恥ずかしいのと嫌かどうかは別だよ？　嫌だとは思ってないよ？」

両手で顔を覆う仕種をしていた鳴矢が、すぐに手を開いて首を傾げる。

「ってさ、あの希景との話を聞いてたんなら、俺が淡雪の力を悪く思ってないって、わかってるんじゃないの？」

「それは……ありがたいとは思いましたけれど、何事も本音と建前はありますから」

「そのあとの独り言だって、聞いてたんだよねぇ？」

「……でも、あなたはわたしが本当に天眼天耳の力を持っているとは、思っていませんでしたよね？」

「そうだけど、独り言で建前を言うやつはいないよ？」

言葉を重ねるごとに鳴矢が前のめりになってきて、とうとうさっき『目』を閉じたときと同じくらいの距離に迫っていた。

「それはわかっています。ですからこうして、あなたに気を許して……許しすぎて、ほころびが出ました」

こちらをうかがう強い瞳が、頭上の炎を映してきらめいている。

「里にいたとき、共に生活していた巫女たちに、この力を覚《さと》られたことはありませんでした。わたしは常に冷静であろうとして、何を見ても態度に出さないようにいつも気を張って、そうやって秘密を守り抜いたんです」

それがここへ来て、たったひと月ばかりで。

「あなたは、そうさせてくれませんでした。……あなたがわたしを大切にすればするほど、わたしは安心してしまって、自分に甘くなる——」

ぶつかってきたかのような勢いで鳴矢の腕にとらえられ、力強く引き寄せられる。はずみで膝の上に乗り上げるような格好になってしまった。

「っ、鳴矢……」

「だったら俺、淡雪をもっと安心させる。淡雪が天羽の里でずーっと気を張ってた、これまでのぶんも」

「……だめです」

淡雪はそっと鳴矢の胸を押し返し、首を横に振る。

「わたしはこれ以上、気を緩めるわけにはいきません」

「力のこと、知られたくない？」

「はい。……蔵人頭だって、最初にあなたに忠告していたでしょう。慎重になるようにって。あれが正しい反応です」

いま思えば、それでも希景の進言は、ずいぶん穏やかなものだった。もっと強く、決して油断するな、后に常に見張りをつけておくべきだ、くらいのことを言われてもおかしくはなかったのに。

すると鳴矢が両肩を摑み、また顔を覗きこんできた。

「淡雪が知られたくないなら、俺、誰にも言わない。もちろん希景にも。約束する」

「……」

「俺のこと、好きなときに見ていいよ。それでだめなところや嫌なところを見たら、あとで教えて。俺、直すようにするから」

……どうして、この人は。

淡雪は目を伏せ、一度静かに息を吐き、そうして目を開ける。

「このひと月、ほとんど毎日、あなたを見ていました」

「うん」

「ずっと見続けていれば、そのうちがっかりするようなところも見るだろうと思っていました」

「いまのところ、がっかりしたことは一度もありません」

「そうだよね」

「……え、ほんと？」

　喜ぶかと思いきや、鳴矢は急に視線をさまよわせ始めた。

「いや、俺、わりとかっこ悪いことしてきた気が……。え、それでがっかりしてないの？　淡雪、心広すぎるんじゃない？」

「あなたに言われたくありません」

「いやいやいや、俺、ほんとに……あ、そうか。見たり聞いたりできても、頭の中が覗けるわけじゃないから、変な独り言さえ言わなければ大丈夫なのか」

「それはそうですが」

　つまり、鳴矢が真面目な顔で何か考えこんでいたときの幾度かは、それほど真面目なことは考えていなかったかもしれないということか。

　何やら気が抜けてしまい、今度こそ淡雪は大きくため息をつく。

「え、どうしたの？」

「……取り返しのつかない失敗をしたと思ったのに……」

「そんな深刻に考えてた？　でも俺、ほんとに気にしてないよ？　あ、気にしてないっていうか、うれしかったし」

「……は？」

　そういえば、さっき鳴矢のことを見ていたと告げたときにも、何故かうれしそうな顔をしていたが。

「だって、俺のこと見てたってことは、俺に興味持ってくれたってことでしょ」

「……」

「淡雪に興味持ってもらえたら、そりゃ、うれしいよ」

　そういう発想が――できるのか。

　たしかに何の関心もなければ、連日見にいったりはしなかった。もっともそれは、鳴矢が后に惚れたの何のと言うのを最初に聞いてしまったせいで、興味を持たざるをえなかったからなのだが。

「俺もそんな力持ってたら、絶対淡雪見にいく。逢えない時間でも顔を見られるんだから、いいよなぁ。何なら寝顔とか寝起きの顔とかも見られるんだもんなぁ」

「……寝顔と寝起きは、このあいだ見たのではないですか」

「いやー、あのときはそんな余裕なかった……。残念。ほんと残念」

　いかにも悔しそうに、鳴矢は眉根を寄せている。何をしみじみ語っているのか。

「俺だってね、見てられるなら一日中だって淡雪のこと見ていたいよ。朝餉食べてるところだって縫い物してるところだって」

「湯浴みも?」

「もちろん湯浴みも――ごめんなさい」

正直に大きくうなずいたそのあと、鳴矢は深々と頭を下げた。引っかかった……と無念そうなつぶやきが聞こえる。

「……ふふ」

思わず笑いを漏らすと、鳴矢はすかさず顔を上げた。

「怒るんじゃなくて、笑うんだ?」

「怒ったりしません」

淡雪は笑みを浮かべたまま答える。

天眼天耳の力を持っていたら何を見るかという話は、単純に鳴矢の本音かもしれないが、これまでもこれからも、見ることに罪悪感を持たなくてもいいという、鳴矢の気遣いであるかもしれなかった。

どちらだとしても、結局、自分は鳴矢に救われる。

「怒れませんよ。……あんな話を聞いたあとでは、なおさら」

「あんな話って?」

「怖いんですよね? わたしに手を出すのが」

「……」

鳴矢の目が、ゆっくり大きく見開かれた。ずっと摑んでいた両肩から、手が離れていく。

「昨日の、寺の……」

「俊慧さんという方、信頼しているんですね。ずいぶんあけすけな話もされて」

「……ごめん」

「謝らなくてはいけないのは、勝手に聞いていたわたしです」

「いや、じゃあ、これから『鳥の目』で見たことで謝るのは、お互い、なしにしよう。……そっか、あれ、聞いてたか……」

鳴矢が荒っぽく、首の後ろを掻いた。

「もちろん、聞いてもわたしには何のことかわからない話もありましたが、あなたがわたしを——わたしに対して、その……いろいろと思うところがおありだというのは、よくわかりました」

「うん。……うん」

一瞬、口を真一文字に引き結び、鳴矢は鼻から長く息を吐く。

「……俺としては、淡雪とちゃんと夫婦になりたいっていうのは、その……閨《ねや》のこととか、そういう意味も含めて、だったんだけど」

「いまは違うんですか？」

「いや、違わない。ずっとそういう意味。……ただ、このまえも言ったけど、まさかこんなに早く淡雪と仲よくなれると思ってなかったから、もっと先になると思ってた悩みごとが、急に近づいてきたっていうか……」

　つまり、子供ができたらどうするか、などという問題は、そもそも男女の仲になるところまでたどり着いてからの話なので、親密になれるまで棚上げにしておけるはずが、まさかのひと月で、問題が棚から落ちてきた——ということか。

「でしたら、わたし、まだあなたにあまりなれなれしくしないほうがいいですね」

　そう言いながら、乗ってしまっていた鳴矢の膝から下りると、鳴矢があわてて両手をばたつかせる。

「いや待って待って。離れてほしいわけじゃないから。むしろなれなれしくしてくれる気があるなら、してほしいから」

「……加減が難しいです」

「そこ深く考えなくていいから。大丈夫。俺が触っても嫌じゃないなら、思いっきり近づいてくれていいから」

「そうですか……」

　いいと言われれば、あえてこちらから離れる理由はなかった。淡雪はあらためて膝を進め、顔を上げればそれだけで目を合わせられる距離まで近づく。

「そういえば、昨日のお話で、どうしてもひとつ正しておきたいことがありました」

「えっ、何？」

腕を広げて待つ体勢をとっていた鳴矢が、途端に肩を強張らせた。

「わたし、心細さをあなたにつけこまれた覚えは、いっさいありません」

「……」

「そもそも心細さなんてありませんでしたし、わたしはずっとあなたを見ていましたから、あなたがどういう人か、わたしなりに理解しています。そのうえで、あなたを拒みませんでした。……いまなら、わかっていただけますね？」

鳴矢はしばらく真剣な面持ちで考えこんだあと、ゆっくり顔を上げ、淡雪を見る。

淡雪も目を逸らすことなく、まっすぐな視線を受け止めた。

挑むように。

余計な気をまわさず、信じてほしいと、想いをこめて。

と──

行き場なく中途半端に広げられていた手が、両肩に降りてきた。

「……淡雪のほうが、よっぽど腹が据わってる」

「そうかもしれませんね」

「俺も、覚悟したつもりだったんだけど……」

顔が近づいてくる気配に、淡雪は目を閉じる。

軽く。

わずかに唇に触れただけで、気配は退《ひ》いてしまった。

あえて不満げな表情を隠さず、淡雪は目を開ける。

「……ずいぶんおとなしいんですね」

「え。いや、だって」

「あいにくこちらは天羽の里で、不覚にも、びっくりするような閨のことも見てしまっておりますので、あなたが思っているほど、わたしは清らかではないと思います」

「……見っ……ちゃってる、の？」

「はい。この力を使っていて、何度かそういう場に行き当たりました」

「そうなんだ……そうなんだ……」

つぶやきながら、仰のいてあらぬ方向に視線をさまよわせていた鳴矢は、ようやく再び顔を淡雪に向けた。

「遠慮するなって意味で、いい？」

「これくらいで子ができるとは思っておりませんから、御安心を」

「……もう一回、目、つぶってくれる？」

期待に満ちた表情をしながら――こちらの両肩を包む手は、まだどこか、ためらうように震えている。

気配を待つ唇に微かな笑みを刻んで、淡雪は目を閉じた。


「……たしかにわたしは、里でいろいろと見てきました」

「うん」

「ですが、見ていただけですので、自分で行ったことは何もありません」

「俺もないけどね、実は。恋人いたことないし」

「……お互いに実体験がなかったとしても、何事も限度があるとは思いませんか」

寝台にぐったり伏したまま、淡雪は先ほどから延々と恨み言を連ねていた。

片や鳴矢は傍らにあぐらをかいて座り、機嫌のよさを隠そうともしない笑み崩れた面相で淡雪を見下ろしている。

「ごめん。加減が難しくて」

「……謝るなら、それらしい顔をしてください」

ため息まじりにつぶやいて、淡雪は肘をつき、どうにか体を起こそうとした。だが腕に力が入りきらず、再び突っ伏してしまう。

「大丈夫？」

「……あまり大丈夫ではありません」

「え。……ごめん。ほんとに」

さすがに神妙な様子になってきた。

何をしたかといえば――ただ唇を許しただけなのだ。

最初の口づけがあまりにささやかすぎたため、たしかに少々あおってしまった自覚はある。……だからといって、息ができなくて気を失いそうになるほど離してもらえないとは思わなかったし、途中でどうにか鼻で呼吸する方法を習得したものの、それでかえって続けられると判断されてしまったのも、予想外だった。

深くなる一方の口づけをされるがまま、どれくらい時間が経ったのか、だいぶ朦朧《もうろう》としていた頭に、それでも一瞬、かろうじて生じた、このままでは夜が明けてしまうのではないかという危機感に意識をつなぎとめ、必死で背中を叩いたり髪を引っぱったりして、どうにか鳴矢を止めることができたわけだが。

夫の口づけだけでここまで疲労困憊《ひろうこんぱい》している妻の姿など、見たことがない。見てはいけない場面を多々見てきたはずなのに、実地ではたいして役に立たなかった。

「……あのさ、俺、帰ったほうがいいかな」

さっきまでの浮かれたさまが嘘のように、鳴矢は肩を落としている。

「無理させちゃったみたいだし、淡雪、もう休んだほうが……」

「起こしてください」

淡雪は寝返りを打って仰《あお》向《む》けになり、のろのろと両手を持ち上げ、鳴矢に向かって差し伸べた。

「体に力が入らないだけです。起きますから、手を貸してください。……もちろん、あなたが帰りたいのでしたら、止めませんが」

「帰りたくないって、わかってて言ってるよね？」

鳴矢は苦笑しつつ、手を引くのではなく背中に腕を差し入れて、淡雪を抱き起こした。淡雪はそのまま、鳴矢の胸に寄りかかる。

「……あれ？　いいの？」

「いけませんか？」

「俺はうれしいけど。……怒ってるのかと思ったから」

「怒っていますよ。息ができなくて死にかけました」

そう言いながら、鳴矢の首筋に頬をすり寄せると、背を支えていた腕にあっというまに抱きしめられた。

「やっぱり泊まる。帰らない。いいよね？」

「……わたしから帰ってくださいと言ったことは、一度もないはずですが」

我ながらまわりくどい言い方をしたものだと思ったが、鳴矢は素直に笑顔を見せる。

遠くから時を知らせる鐘の音が聞こえた。五度、鳴らされただろうか。そうだとしたら戌《いぬ》の刻だ。夜明けを危惧しなければならないほど時が経ったように思えていたが、まだ時間は残されていたのだと安堵する。

「淡雪、眠い？」

「いいえ。……実は目が冴えてしまっていて、今夜は眠れる気がしません」

このまま鳴矢に寄りかかっていれば、あたたかさで寝てしまえるかもしれないが、それで今日という日を終わらせてしまうのも、もったいなかった。

「俺もちょっと寝られそうにない。まだ起きてていいかな」

「どうぞ。わたしも訊きたいことがありましたし」

「何？　いいよ。何でも」

鳴矢が顔を覗きこもうとするので、淡雪は互いの表情が見えるように、鳴矢の腕の中で体を横向きに変えて座り直す。

「昨日あなたが俊慧さんという方とお話ししていたとき、子供ができたら、その子があなたのようになると言っていましたよね。あれは、どういう意味ですか？」

「……ああ、そのこと」

鳴矢の苦笑には、何故か自嘲の色も見えた。もしかしたら、やはり訊かれたくないことだったのだろうか。

「あの、どうしてもというわけでは……。あなたが話したくなければ、それで」

「いやいや、そういうんじゃないから。そっか、淡雪にはまだ話してなかったよね」

すぐに声の調子を戻し、それからふと、鳴矢は何もない空を見つめる。

「そうだな。……淡雪になら話せる。俺の秘密」

「え？」

「秘密を持ってるのは、淡雪だけじゃないからね？　俺には俺の秘密もあるから」

少しおどけたように言いながら、鳴矢の目はひどくやさしかった。

「長い話になるけど、いいかな。眠くなったら、続きはまたにするから」

「聞きます」

「うん。……じゃあ、まず、俺の親のことから話さなきゃいけないんだけど」

抱きしめる腕に、微かに力がこめられる。

「俺の両親は、大納言の一嶺公矢と、小澄家出身の春花《はるはな》ってことになってる。一応」

「一応……」

「母親はたしかに小澄春花なんだけど、本当の父親は公矢の兄で、一嶺音矢っていうんだ。昨日、俊慧殿との話で、名前聞いたかもしれないけど」

「……聞きました」

やはり、という言葉が心に浮かんだ。

実のところ、初めて合議の場を覗いて、一嶺の大納言を見たとき、真っ先に持った印象は、鳴矢と顔は似ているはずなのにずいぶん雰囲気が違う、というものだった。

だから俊慧との会話で出てきた、音矢の子、という言葉の意味をあとで考えていたとき、もしかしたら、と思ったのだ。一嶺公矢と鳴矢は、本当は父子ではないのでは――と。

「昨日もですが、あなたの髪のことで開かれた臨時の合議のときも……」

「それも見てた？　そうそう。親父の髪のこと、誰か話してたな。あれは敏樹殿だったっけ」

「では一嶺の大納言は、本当はあなたの叔父上……」

「うん。けど、もともと春花は、音矢と婚約してたんだ」

それは貴族同士のよくある縁組みだったと、鳴矢は話し始めた。

一嶺家の嫡子である音矢と小澄春花の結婚は、たしかに家格のつり合いで決められたところが大きいが、音矢は相手が春花であることを心から喜び、その気持ちをはばかることなく周囲に語っていたという。

ところが婚礼を間近に控えたころ、馬頭国で騒乱が起きた。

千和の中でも南方にある六江国《むつみのくに》と馬頭国には海外との交易に使われる港が幾つかあ

り、人と物の流通が盛んな地域ではあるが、そのぶん問題も多く、盗賊が跋扈《ばっこ》したり、密輪で富を得た者が土地の豪族と癒着して統治に口出ししてきたりと、もともと火種を抱えやすい場所でもあった。

　馬頭での騒乱というのも、その地を治める豪族に反発した民衆が、荒っぽい盗賊を巻きこんで起こしたものだったらしい。それが思いのほか規模が大きくなったので、助けてほしいと豪族が都に泣きついてきたのだ。

　合議の結果、貴族六家から特に強い力を有する者を選んで馬頭に派遣することになり、強い火天力を持つ音矢もそこに加わった。

　六家から選抜された二十人ほどの遠征隊は、私兵を従え陸路で馬頭へ向かい、到着後すみやかに乱を鎮圧したという。武器を持っているとはいえ、多くは普通の民衆である。遠征隊の『術』に勝ることはなく、盗賊を含めて主導者はことごとく捕らえられ、それでこの件は落着した。

　ところが、遠征隊の中でただ一人、戦死者が出てしまった。それが音矢だった。戦いの最中、いつのまにか姿が見えなくなり、発見されたときには、背中に深々と矢を受け絶命していたという。

　どれほど強い力を持っていても、生身の人間である。『術』を使う者同士の戦いなら音矢も火天力で応戦できただろうが、武器を使っての攻撃には武器で対処するしかない。ただ、もし武器で狙われても、本人がそれに気づいていれば、たとえば矢を放たれる前に『術』を使って先に射手を攻撃するなどして、防御は可能だったはずだ。

まがりなりにも戦の場で、音矢が油断していたとは思えない。それでも背後からの攻撃で命を落としたということは、いかなる状況であったか、音矢にとっては防御も間に合わない、まったくの不意打ちだったのだろう。

音矢の亡骸《なきがら》はそのまま馬頭に葬られ、春花は婚礼前に許婚を失った。一嶺家と小澄家の縁組みも、そのまま解消されるはずだった。

「……しばらくして、春花の腹に子供がいることがわかったんだよね」

「え、それは……」

「どうやら音矢、遠征に出る前にこっそり春花を訪ねて、手を出しちゃったらしい。たぶん死ぬなんて思ってなくて、まぁ、どのみち帰ったら結婚するんだし、しばらく逢えなくてさびしいからって、そんな感じだったみたいだけど。……つまりは、手が早かったってこと」

鳴矢がぺろりと舌を出す。

「ということは、そのお腹の子が……」

「そう。俺」

婚礼前に子を作り、父親が死んでしまった。解消するはずの縁談は、腹の子はどうするのか。両家が大騒ぎになったとき、音矢の二つ下の弟で、兄の死によって嫡子となった公矢が手を挙げた。――自分が春花を妻にする。腹の子も引き受ける、と。

　たしかにそれが最善の策だった。家同士の縁組みとしてもそのまま変わらないし、腹の子は一嶺家の血を引いており、公矢にとっても甥《おい》か姪なので、まったくの他人の子というわけでもない。公矢は音矢ほどの強い力はないが、腹の子が男子なら音矢と同等の火天力を持っているかもしれず、将来の跡取りとしても有望だ。

　かくて春花は音矢の子を宿したまま公矢に嫁ぎ、そして鳴矢を産んだ。

「……それが、あなたの秘密？」

「いや、これじゃない。あんまり体裁のいい話じゃないから、一嶺も小澄も大っぴらにはしなかったっていうけど、こういう話は噂になりやすいからね。七家と都にいる豪族は、だいたい知ってるんじゃないかな。さすがに天羽には伝わってない？」

「ないと思います。あなたについての話は、里では聞きませんでしたから……」

　もっとも天羽の里では、王についてどころか、七家、あるいは都に関する話題そのものを、何となく避けるような風潮があるので、聞かないのは鳴矢の話に限ったことではないのだが。

「まぁ、二十年近く前の話だから。臨時の合議で音矢の名前が出たときも、まだ親父のこと憶えてたんだーって、ちょっと驚いたし。……ああ、でも、明道家の敏樹殿は音矢と友達だったっていうから、忘れないでいてくれてるんだろうな」

鳴矢は小さく笑って、淡雪の髪を軽く指で梳く。

「敏樹殿は、俺が子供のとき、たまに会いにきてくれてたんだよ。元気にしてるかーって。うちと親しいわけでもなさそうなのに、何でわざわざ土産持って訪ねてくるんだろうって、昔は不思議だったけど、友達の忘れ形見の顔を見にきてたんだな」

「不思議に思っていたということは、あなたは知らなかったんですよね？　本当の、お父君のこと……」

「うん。子供のころは公矢を父親だと思ってた。……だから、実は違うってわかったときは、やっぱり……」

少しのあいだ、鳴矢は黙りこんだ。先を急かすことなく、淡雪は鳴矢の腕を静かにさする。

「……弟が二人と妹が一人いるんだけど、そっちは公矢と春花の子。いつごろだったかな、父親が俺を見る目が、弟たちを見る目と何か違うって思ったのは……」

初めはたぶん普通の親子だったと、鳴矢は言った。幼いころは一緒に遊びもしたという。鞠打は公矢に教わったと。

だが弟妹が生まれ、年を重ね、子供ながらに周囲の声が耳に入るようになってくると、薄々感じていた父親の態度の変化には、どうやら理由があるらしいと気づいた。

それは、自分が父親の実の子ではないということ――

「……誰かに直接訊くのは、やっぱり怖かったんだよ。自分が父親だと思ってた人が実はそうじゃないなんて、信じたくなかったっていうのもあるし。だから、家の中のどんな話にも、聞き耳を立ててた。うちで働く家人たちの会話とか、家を訪ねてきた人と母親とのおしゃべりとか」

そして鳴矢がもうすぐ十二歳になるころ、家に遊びにきた春花の姉妹たちの口から決定的な話を聞くことができた。他愛ないおしゃべりが昔話になり、春花の姉妹たちは、春花に音矢のことを尋ねたのだ。

身内相手の気安さか、春花はすぐ近くの物陰で息子が話を聞いているとも知らず、あけすけに事実と本音を語り始めた。

馬頭に発《た》つ前夜、春花の部屋に音矢が忍んできたこと。愛を語る言葉に流されて、身をゆだねてしまったこと。そのときは音矢に恋する気持ちもあったが、音矢の死の知らせと自身の懐妊発覚に、流された夜のことを悔いたこと。公矢との結婚が決まって、安心したこと。結婚後に公矢から、実は自分も昔から春花に恋していたのに兄に先を越されて絶望していた、兄には悪いが春花を妻に迎えられて幸せだ、と告白されたということ――

「……たしかに最初は音矢に恋してたから、縁談はうれしかったって。でも婚礼の日が近づくにつれて、音矢の熱っぽさっていうか、勢いっていうか、そういうのがだんだん不安になってたから、いまでは穏やかな公矢のほうと結婚できてよかったと思ってる、って言っててさ。それ聞いて、何か……ああ、俺、本当は生まれてこないほうがよかったんだなって、思って……」

「――鳴矢」

淡雪は素早く体の向きを変えて膝立ちになると、鳴矢の頭を自分の胸に抱えこむ。

「無理に話さないで。もう充分だから……」

「いいんだ。話したい。……淡雪には知っててほしい。大丈夫。ありがとう」

そう言いながらも、鳴矢はしばらく淡雪の胸に顔を埋めていた。淡雪はそのまま、鳴矢の次の言葉を待つ。

「……淡雪がやさしくしてくれてるのに、つけこんでる自覚あるけど……ものすごく気持ちいいから、朝までこのままでいたい……」

これは軽口を叩けるだけの元気があるのだという、鳴矢の気遣いだろう。それなら自分も、ちゃんと最後まで話を聞かなければ。

淡雪は鳴矢の頭を何度か撫で、そっと胸を離す。

「……もう終わり？」

「このままだと膝が痛くなりますから、朝まではできませんね」

すまし顔を作って答えると、鳴矢はくしゃりと表情を崩して笑った。

「話は途中なんですよね？　まだ、あなたの秘密も聞いていません」

「うん。まぁ、母親の本音を盗み聞きしたっていうのも、秘密といえば秘密なんだけど、本当の秘密はもう少し先の話。俺、そこからやっと実の父親に興味を持ったっていうか……同情して興味を持った、が正しいかな」

「それは、本当のお父君の春花姫への想いが、結局は報われなかったという……」

「そこがね。そう。相思相愛だって信じて旅立ったんだろうに、後悔されちゃってたなんてね。夫になるはずだった相手に死なれて、でも腹に子供はいるっていう母親の不安も、いまならわからなくはないけど、あんな、音矢がいなくなってよかったみたいな言い方されちゃったら、さすがにきつかった」

さびしげに苦笑する鳴矢に、淡雪はおもむろに鳴矢の正面から横へと位置を変え、膝を崩して座ると、鳴矢の体に腕をまわした。先ほどまで鳴矢が淡雪を抱きしめていたのと同じかたちで、今度は淡雪が鳴矢を腕の中に収める格好になる。ただし体格がまるで違うので、淡雪が鳴矢に抱きついているだけのようになってしまったが。

「え？　どうしたの？」

「……話が終わるまで、あなたを甘やかすことにしました」

「へぇ？」

「わたしも春花姫の不安は理解できますが、どちらかといえば、本当のお父君に同情する気持ちのほうが強いです。ここまで聞く限り、どうやらあなたと本当のお父君はよく似ているようですので」

「……やっぱり、性格似てる？」

甘やかしてもらえるなら遠慮は無用とばかりに、鳴矢が淡雪の耳元に頬をすり寄せてくる。

「根本は似ているのではないですか。あなたの行動には、わりと突拍子もないところがありますから。わたしに対することでは、特に」

「まぁ、自覚はある。……公矢とは似てないしね。性格も見た目も」

言いながら、鳴矢は上体をひねって淡雪の腰をつかまえると、軽々と膝に抱き上げた。淡雪が鳴矢の腕の中に収まって、結局もとどおりの体勢になる。

「甘えさせてくれて、ものすごくうれしいんだけど、俺、体がでかいから、抱えるの大変でしょ」

「……腕がまわらなくて大変でした」

「やっぱりね。いいよ。こうしてても甘えられるし」

鳴矢は笑って、淡雪の前髪に口づけた。

「……で、それから俺、音矢のことを話してくれそうな人を捜したんだ。それで音矢の乳兄弟が都に住んでるって知って、会いにいった」

多くの場合、貴族の跡取りには乳母が付くが、それは各家と縁のある豪族から選ばれることが多かった。一嶺家に最も近い豪族は、真照の家である百鳥家と香野の家である坂木《さかき》家で、鳴矢の乳兄弟が真照であるように、音矢の乳兄弟も坂木家の者だったため、見つけるのも会うのもそれほど時間はかからなかった。

音矢の乳兄弟は公矢に遠慮して、自分が鳴矢に音矢の話をしたことは内緒にしてほしいと言いつつも、鳴矢が聞きたい話はすべて語ってくれたという。音矢の人となりから子供のころの思い出、春花への想い、そして伝え聞いた馬頭での最期――

乳兄弟曰く、鳴矢の容姿は音矢の十二歳のころとよく似ているという。違うのは、音矢は鞠打などより馬に乗るほうが好きで、よく都の外への遠乗りを楽しんでいたというところだった。

公矢にとっては、たとえ鳴矢が自分の教えた鞠打を好んでいたとしても、育つにつれて見目が音矢に似てきたとしたら、息子として接するのは複雑な心境だったろう。現にそのころには、公矢はあまり鳴矢と話そうとしなくなっていた。

音矢の乳兄弟から話を聞いて、鳴矢はますます思い悩んだ。自分はこのまま一嶺家を継いでいいのか。公矢の本音は自分の血を引く我が子に継がせたいのではないか。そもそも生まれてこないほうがよかった自分が、このまま一嶺家にいてもいいのか。そもそも自分とて、実の父親への同情心を持ったまま、この家にいられるのか。

毎日悩んで悩んで悩んで、だが誰にも相談できず、何もかも嫌になって。

そんなとき街中で、僧侶の集団を見かけた。髪を剃り粗末な衣を着て、仏道を説きながら歩き続ける人々。

「家も自分も捨てられるんじゃないかと思ったんだ。俺も僧になれば、全部捨てて、どこかへ行けるって。……それで、寺に押しかけて、出家したいって頼んだ」

そのときたまたま寺にいたのが、俊慧だった。俊慧は鳴矢が何故出家したいのか、生い立ちから現状まで根気よく聞き出し、そのうえで、出家させることはできないが修行の旅に連れていくことはできると、返事をしたのだという。

実は僧侶の中には、七家の一員として生まれながら、母親が正妻ではない、兄弟が多すぎて分け与えられる財産が足りず豪族として自分の家を持てない、などの理由で出家した者が、少なくないらしい。俊慧自身も小澄家の生まれだが、神官家は男子が家業に携わることはないので、仏道に入ったという話だった。

七家の出だからこそ俊慧は、難しい生い立ちとはいえ、鳴矢が簡単に出家を選べる立場ではないとわかっていた。だが、このまま一嶺家にいて悩み続けても、心をすり減らすだけだと思ったのだろう、鳴矢に家を離れて己を見つめる時間を与えることにしたのだ。

年が明けて十二歳になった鳴矢は、ある日の夜半、家を出たくなったから出る、とだけ書き置いて一嶺家を抜け出し、寺へ向かった。髪をすべて剃り、衣を替えれば、もう一嶺鳴矢とは気づかれない姿だった。

鳴矢を加えた俊慧の一行は、翌朝の日の出とともに八ノ京をあとにした。行き先は馬頭国と決まっていた。それは、鳴矢を亡き父の眠る地へと連れていく旅だった。

「……楽しかったよ。都の外に出るのも初めてだったし。もちろん修行もしたから、それは結構大変だったけど。僧形でいるあいだは、ちゃんと僧としてすごしてたんだ。穂浦《ほうら》を出るまでは少し急いだけど、弓渡《ゆわたり》に入ってからは、わりとゆっくりだったな。あちこちの寺に何日か泊まって修行して、また次の寺に移動して、って。……そうだ、江魚ってやつ、昨日見たよね？」

「寺にいた、あなたのことを兄ぃと呼んでいた子ですね？」

「そうそう。安倉《あくら》に着いて、二か月ぐらい同じ寺にいたんだけど、あいつ、その寺の近所に住んでてね。あんまりいい家族じゃなくて、よく親や兄弟に殴られて寺に逃げてきてたから、次の寺に移動するとき、一緒に来るかって声かけたらついてきた。俺の三つ下だから、弟みたいに思ってたよ」

それから鳴矢は、少し遠い目をした。

「安倉から海を渡って六江に行って、港の近くの寺で鴻唐《こうとう》から来た僧と会ったりなんかもして……馬頭に着くころには、もう秋の終わりになってたな」

音矢が戦死した騒乱が起きたのは、街道筋から少し外れた烏ノ原《うのはら》という地だった。乱の終結から十三年を経た烏ノ原は、かつて大勢の民が集ったとは思えないほど静かで、付近の里の民も穏やかだった。

俊慧たちとともに烏ノ原に一番近い寺に泊まりながら、鳴矢は連日烏ノ原に通い、音矢が葬られた場所を探した。しかし、里のどの民に尋ねても、そのような墓は知らないと言われるばかりだった。

「……ここからが、俺の秘密の話」

空を見つめてしゃべっていた鳴矢が、視線を淡雪に戻す。

「誰も都から来て戦死した男の墓なんて知らないっていうから、俺、仕方なく烏ノ原をあちこち歩きまわったんだ。……ある日、里から外れたところにあった、ちょっとした森の中で、大きな木の下を通りかかったら、何か、変な感じがした」

「変な……？」

「体がぞわっとするみたいな……。しかも俺の『火』が騒ぎだして、ぐちゃぐちゃに引っぱられるみたいになって」

だからそこで立ち止まるしかなかったのだと、鳴矢は言った。

自分の『火』が何かを察知している。これは何なのか。あたりを見まわすうちに、気がついた。体のまわりを取り囲むように、自分のものではない『火』が集まってきているのを。

「ほんと変なんだよ。間違いなく俺の『火』じゃないのに、すごく近い感じもして、俺の『火』にまじろうともしてるんだ。何なんだって思って――そのとき、あ、これ音矢の『火』だ、って直感した」

「えっ、でも……」

すべての力は神によって、持ち主の誕生とともに与えられ、死とともに神のもとへ返されると、古くから言われている。音矢の力は、音矢の死によってこの世から消滅しているのではないか。

「おかしいと思うよね？　俺もそんなはずないって、すぐ自分の直感を打ち消した。けど、だんだんその『火』が、俺になじんでくるんだ。そのうちとうとう、俺のじゃないはずの『火』が、俺の『火』と一緒になった。……俺、怖くなって、寺へ走って帰って、俊慧殿にそのこと話したんだ」

俊慧は鳴矢とともに森へ向かい、そして大きな木の裏側に、ひと抱えほどの大きさの、苔むした石があるのを見つけたという。

おそらくこれが鳴矢の墓石だろうと、俊慧は言った。そして鳴矢のもとへ集まってきたのも、きっと音矢の『火』に違いないと。

「ごくまれに、あるんだって。持ち主が死んで散ったはずの力が、次の主を見つけて再び集まるってこと。俊慧殿曰く、音矢の死に際の無念が『火』に伝わって、それで散りきらずにここへ残って、訪ねてきた息子を新しい主に定めたんじゃないかって」

「……それなら、その『火』は、お父君の形見ですね」

「形見？」

淡雪は何げなく口にしただけだったが、鳴矢は驚いたように目を見張った。

「形見か。……そっか、そう考えればいいのか」

「え？」

「正直、ちょっと怖いと思うところもあったんだよね。俊慧殿は無念なんて言うし。何か、親父からとんでもないもの託されたんじゃないかって。いや、別に悪い力じゃないし、俺の『火』と同じように使える、普通の『火』なんだけど」

鳴矢はどこか安堵したような笑みを浮かべ、もう一度、形見か、とつぶやいて、淡雪の目の前に片方の手をかざしてみせる。すると手のひらに、ぽっと火が点《とも》った。

これは違う、と淡雪は思う。

鳴矢の『火』は色が澄んでいるのだが、この『火』はどことなくべったりとして、濁っているように見えた。

「もしかして、これが形見の『火』ですか？」

「俺のじゃないって、わかる？」

「わかります。あなたの『火』より、何というか……少し、色がくすんでいます」

「たぶん、俺を待ってるあいだに『火』が古くなったんだろうって、俊慧殿は言ってたな。ほら、持ち主が年をとってくると、『火』のほうも傷んだり減ったり、弱くなったりするっていうから」

そう言って、鳴矢は手のひらから『火』を消す。

「だから、せっかく俺のところに来た『火』だけど、使ってない。……そういえば、都に帰ってきてからは人前で出したこともないから、淡雪に見せたのが初めてだ」

「春花姫には、話さなかったんですか？　お父君の『火』のこと……」

「ないよ。『火』のことも、墓を見つけたことも、一嶺家の誰にも言ってない。一緒に旅をしてたみんなには話したけどね。……それに、都で音矢の話をするわけにはいかないんだ」

鳴矢の表情に、少し影が差した。

「俺の秘密、音矢の『火』のことだけじゃないんだ。『火』より、むしろこっちの秘密のほうが問題」

淡雪をしっかりと抱きしめ直し、鳴矢は声を落とす。

「……音矢の墓を見つけられたから、俺の旅の目的は、ひとつ達成できた。それで、じゃあもう烏ノ原の近くの寺から移動して、馬頭を出ようってことになった」

翌日に烏ノ原を発つという日、鳴矢は最後にもう一度、音矢の墓に参った。すると森で、一人の里の民と出会ったのだという。

五十そこそこと見えるその男は、何日間か行商に出ていて今日里に帰ったところ、かつての乱で死んだ都人の墓を探す少年僧がいると聞き、それなら自分が墓の場所を知っているからと「少年僧」を捜していて、鳴矢と行き会ったのだった。

結果的に墓は自力で見つけたあとだったが、鳴矢はその男から乱の詳細を聞くことができた。

それは、まったくおかしな騒乱だったという。あるとき何の前触れもなく、烏ノ原付近に素性の知れない荒くれ者たちが集まり始め、何をしているのかよくわからないうちに烏ノ原の若者たちが一緒になって騒ぎだし、目的もはっきりしないまま大勢が暴れて騒動が大きくなり、土地の豪族たちが狙われて収拾がつかなくなって、とうとう都人たちがやって来るまでになってしまった、と。

だが、さすがは都の貴族。強い力を操って荒くれ者たちを制圧し、あっというまに騒ぎは収束した。都人の操る力は命を取るようなものではなく、騒動のもとになった者たちは捕らえられただけで、命を落とすことはなかった。

男は暗い顔で、さらにこう語った。騒ぎを起こしたほうは誰も死ななかったのに、一人の若い都人が、仲間の射た矢に当たって死んでしまった。何とも気の毒な話で、家族はさぞ悲しんだことだろう――

「……どういうことです？」

鳴矢を見上げ、淡雪は思わず険しい面持ちで尋ねていた。

「俺も同じように訊いた。乱を起こしたほうの誰かが放った矢じゃないのか、って。そうしたら、兵士でもないただの田舎の荒くれ者どもが、あんな立派な矢なんか持ってないって言うんだ。倒れてた赤い髪の男の背中に刺さってたのは、鷹《たか》か何かの立派な矢羽の矢で、そんなのは都人しか持ってなかったって」

「待っ……てください」

淡雪は鳴矢の腕を掴み、揺さぶった。

「都から出向いたのは、特に力の強い人たちでしょう。武器なんて持たなくても」

「いや、それは一応、持っていくんだ。使おうと使うまいと、剣と弓矢はね。それに鎧《よろい》もあったはずなんだ。けど、発見されたときの音矢は、どういうわけか武器も鎧も身に着けてなかったらしい。……この里の男の話が本当なら、音矢はまったく丸腰のときに、背後から味方に矢を射られたってことになる」

「それは……」

事故なのだろうか。それとも、まさか。

背筋が冷えて、淡雪は鳴矢の腕を両手で強く抱えこむ。

「怖い話をしちゃって、ごめん」

「……あなたこそ、怖かったでしょう。こんな……」

「うん。たしかに怖かった。親父はいったい誰に、どうして殺されたんだろうって」

その男はたまたま森の近くにあった畑を耕していたときに里の長に声をかけられ、音矢の亡骸を運ぶのと埋葬を手伝ったため、まだ矢が刺さったままの状態を見ていたのだそうだ。鳴矢はその男に、自分が音矢の子だとは明かさず、音矢の身内から墓参を頼まれたので、馬頭に来たついでに墓を探していたのだと説明し、話の礼を言って別れた。

「この話だけは誰にも、俊慧殿にも言わなかったんだ。どこで誰が音矢を殺したやつとつながってるか、わからないから。……だからこれは正真正銘、淡雪にしか話してない秘密。いま初めて人にしゃべった」

「……え」

体を少しひねって、淡雪は鳴矢の顔を覗きこんだ。

「いいんですか？　わたしに話して……」

「淡雪はいいんだよ。都にいない天羽家は、この件に関係ないだろ？」

なるほど。誰が実の父親を殺《あや》めたのかわからない中で、鳴矢にとっては、ある意味天羽家だけが、疑わなくていい安全な家だったのか。

「そのあと俺は僧のみんなと一緒に、今度は船で馬頭を離れた。ちょうど潮の流れのいい時季で、弓渡の浮山《うきやま》の近くまでいって、それから陸路で穂浦に戻ったんだ」

穂浦国には八ノ京があるが、一行はあえて帰京せずに、そのまま北上して泉生国《みおのくに》へ向かった。馬頭で実の父親の足跡をたどる目的は達したが、できれば千和を一周してみたいという鳴矢の希望を、僧たちが汲《く》んでくれたのだった。

ところが泉生国で最初の寺に入ってほどなく、近くの村が数人の野盗に襲われ米や衣を強奪された。たまたま居合わせた僧たちが抵抗する村人たちに加勢し、何人かを捕らえたが、取り逃がした野盗が村の少女を一人、連れ去ってしまった。

鳴矢と江魚は子供ゆえに捕物には加えてもらえず遠くで見ていたが、少女を抱えて逃走を図る野盗に気づき、二人で追いかけ――鳴矢はそこで『火』を使った。

「淡雪もさ、このまえ見ただろ。俺が、ここで侵入者に『火』を使ったところ。あれを、そこでやっちゃったんだ。まだ小さい、三つか四つぐらいの子の前で」

「それは、あの……」

野盗は『火』に包まれて、おそらく痛みでのたうちまわったか、気絶しただろう。まがりなりにも八家に属する自分は、『術』を身に受けても命を奪われることはないと知っている。

だが、それを知らない田舎の幼い子供が、人が炎に包まれる姿を目の当たりにしてしまったら。

「……あなたが以前、『術』で人を怖がらせたことがあると言っていたのは、そのときのことでしたか」

「うん」

鳴矢は口元にどうにか笑みの形を作ってはいたが、目は後悔をたたえて暗かった。

「でも、その子は助かったんですよね？　さらわれずにすんで……」

「怪我《けが》もなく家に帰れたよ。両親も泣いて喜んでた。けど、あんなにおびえさせちゃいけなかった。俺、とにかく助けなきゃって、それしか考えてなくて、同じ『術』を使うにしても、もっと何か、やりようがあったのに」

そう言ってから、鳴矢はすぐに、いや、と首を振った。

「結局、未熟なままなんだ。淡雪の前で同じことしちゃってるわけだし……」

沈んだ声の鳴矢に、淡雪は手を伸ばして、指で髪を梳くようにその頭を撫でる。

「わたしがその子の親なら、さらわれずにすんでどれほど安心したか、助けてくれた人にどれほど感謝しているかを、何度も何度も子供に話します」

「……」

伏していた鳴矢の目が、わずかに見開かれた。

「我が子の無事を泣くほど喜んでいたなら、その子の親も、きっとそうしているはずです。そのときは怖がらせてしまったとしても、時が経てば思うことも変わっているかもしれません」

　頭を撫でながら言うと、鳴矢は小さく苦笑した。

「……ほんと、俺にやさしいね、淡雪」

「あなたを甘やかしている最中ですから」

「そうだった」

　鳴矢が体を傾け、顔を近づけてくる。頭を撫でていた手をそのまま肩へすべらせ、淡雪は軽く触れるだけの口づけを受け入れた。

「……わたしが天羽の里で后候補になっていたころに、あなたは長い旅をしていたんですね」

「ん。……淡雪、そんな前から后に決まってたの？」

「そのころは、まだ候補の一人です。巫女は十二歳になると、先々のことを決められますから。あなたはわたしと、同い年でしょう」

「じゃあ、たしかに俺が千和をまわってたときだ。……石途も行ってみたかったな」

「行かなかったんですか？」

「泉生で派手なことしちゃったからね」

野盗を捕らえるために『術』を使ったことか。たしかに都の外では、八家の『術』を目にすることなどないだろうが。

「騒ぎになりました？」

「これは八家の力だって説明したら納得してもらえたけど、そりゃ、噂になるよね。で、十日と経たないうちに、都から一嶺家の使者がすっ飛んできた」

当時を思い出したのか、鳴矢は残念そうな顔で笑った。

「一嶺家じゃ、ずっと俺を捜してたらしい。俺はむしろ、自分がいなくなったほうが一嶺家はうまくいくと思ってたから、捜されてたのはちょっと意外だったんだけど。まぁ、八家としての体面だってあるだろうから、捜すよね。そのころはまだ隠居した祖父母が生きてて、俺のことは可愛がってくれてたし。だからとにかく見つけないとって、あちこち手をまわしてたらしい」

身の丈は五尺ほど、檜皮色《ひわだいろ》の髪の十二歳ぐらいの男児が通らなかったか、通ったら一嶺家ゆかりの豪族にすぐ知らせるようにと、駅という駅に触れを出し、方々の豪族にも捜させていたという。

「けど俺は髪を剃り落とした僧形だし、旅をしてるうちに背丈もかなり伸びた。駅を通ってもわかるはずないんだ。それで一年以上、見つからずにきたんだけど」

「……『火』で、わかってしまったんですね」

「うん。強い火天力を持った十二、三歳の男児って聞けば、わかるよね」

肩をすくめ、鳴矢は頭上の炎の塊を見上げた。

「そのときまだ泉生から出てなかったから、石途まで行けないまま、そこで俺の旅は終わり。俊慧殿にも、馬頭には行けたんだし、いい頃合いだから戻れって言われちゃってさ」

「帰ったら、叱られました？」

「いや、家出の理由を訊かれて、音矢の最期の場所を見てみたかったって言ったら、公矢も春花も黙っちゃって」

鳴矢が小さく舌を出す。

それは――何も言えなくなるだろう。二人にはわかったはずだ。それが親としての二人への、決別の言葉であると。

鳴矢はもう何も知らない子供ではなく、家を出たのも自らの血脈をたどるためで、さらに発見されたのが馬頭とはまったく逆の地であることからは、音矢の面影を訪ねたあとも、一嶺家に戻る気はなかったという、鳴矢の意思もうかがえたはずだ。

「都に連れ戻されて、頭を剃らないでいるうちに、髪が伸びてきて……そうしたら、もう檜皮色じゃないいんだよ。いつのまにか茜色になってた」

「……泉生の村で、『術』を使ったから……」

「だろうね。それ以外では一度も使ってないし」

自分の前髪を摘んで、鳴矢は困ったように眉を下げた。

「背が伸びて髪が茜色になったら、ますます音矢そっくりになっちゃったらしくて。祖父母は懐かしがって泣くし、公矢と春花は俺を見るたび何とも言えない顔するし、居心地悪いの何のって……」

「それでも、あなたは一嶺家の跡取りなんですよね？」

「そのときは、まだ、そうだね」

「え？　……では、いまは？」

王になろうとも、鳴矢は一嶺家の嫡子だと思っていたのだが。

「んー……ちょっと話が逸れるけど、天羽家はどうやって跡取りを決めるの？」

「天羽の本家でしたら、普通に最初に生まれた男子ですが」

「八家は、だいたいそうだよね。うちもそうだし。でも、そうじゃない家もあるの、知ってる？」

「いいえ。……たしか、神官家は女子が跡取りだとは聞きましたが」

「そうそう。小澄家と、神官家のほうの波瀬家はね。それから明道家は、男女問わず最初に生まれた子が跡取りになる」

「そうなんですか？」

「前の家長は敏樹殿のお母上だった。あと浮家。ここはすごい。男子はみんな六歳のとき、『千和本紀《ちわほんぎ》』を暗唱させられるんだって」

「え、あの千和の歴史書ですか？　四十何代目かの王のころまでの、すごく長いものですよね？　六歳の子供が憶えるんですか？」

「そうらしい。で、何代目のところまで憶えられたか、一番長く、正確に暗唱できた子が、次の跡取りになるんだって」

「えーっ……」

巫女には必要ないものだからと祭祀《さいし》関連以外の書物はほとんど読ませてもらえず、当然、歴史書とて見せてもらったことさえなかったが、天羽本家の男子たちが『千和本紀』を学んでいるところは、『目』で覗いたことがある。とても六歳やそこらで暗記できるようなものとは思えなかったが。

「希景ね、なんと六歳で、三十一代目のところまで、完璧に暗唱したって」

「えっ、すごい！」

「それまでの浮家歴代家長でも、三十代目以上いった人はいなかったっていうから、ものすごいんだけど——なんと希景の末の弟が、その記録を抜いちゃったんだ」

「ぇえっ？」

「三十二代目の途中まで。ほんと、ちょっとの差だと思うんだけど、決まりは決まりだからって、希景は跡取りの座を末の弟に渡した。だから希景は長子だけど、浮家の跡取りじゃないんだよ」

「……何だか、解せませんが……」

どちらもすごいことに違いないのだから、年長が跡取りでもよさそうなものだし、そもそも六歳の時点での実力で決めてしまっていいものなのか。

「まぁ、それが浮家の昔からの決めごとだしね。希景も納得してたよ。実際、優秀な弟だっていうし。ただ、弟はまだ子供だから、希景も弟が十八歳になるまでは、浮家に残ってなきゃいけないんだって」

豪族に下るのは、まだ先ということか。

「明道や浮みたいな家もあるけど、だいたい最初の男子に生まれたら、そのまま家を継がなきゃならない。――ただ、どの家でもひとつだけ、跡取りから外される場合があるんだ」

「どんな場合です？」

「王になったとき」

淡雪は、静かに息をのむ。鳴矢はどこかいたずらっぽい笑みを浮かべていた。

「王に選ばれたら、基本的に、家からは離れた立場になるんだよ。それは退位してもそのまま。一嶺は名乗れるけど、俺はもう、跡取りじゃないんだ」

「……まさか」

背筋を伸ばして、淡雪は鳴矢の目を覗きこむ。

「まさかあなた、そのために王に……」

「そう。俺が王になれば、一嶺家の跡取りは弟に――公矢と春花の子になる」

「……」

視線を外すと、淡雪は息を吐いた。

実のところ、少し違和感は持っていたのだ。鳴矢のように自由な気質の人が、どうして王などという、何事も慣習で固められた、さして面白みもない役目を引き受けたのだろうと。いくら五年だけと決まっていても、政に口を出せるわけでもなし、跡を継ぐときになるまで家で気ままにすごしていたほうが、よほど鳴矢らしいように思えていたのだ。

しかしこういう事情があったなら、話は違ってくる。即位は鳴矢にとって、今度は家出などという手段をとらずとも、一嶺家を堂々と離れられる好機だったのだ。

「家に戻って、居心地悪いままだらだらすごして十五歳になったとき、敏樹殿が訪ねてきてね。実は静樹王の次の王が繁家の銀の髪の子供に内定したけど、その子はまだ十歳で、即位まであと八年もある。静樹王はそれを待つほど長く王を続ける気はないから、あいだに王を一人はさみたいって言ってる、って。敏樹殿と静樹王は兄弟だから、静樹王の頼みで、中継ぎを引き受けてくれるやつを捜してたらしい」

そうはいっても、候補は誰でもいいわけではあるまい。

「明道家の方は、髪が茜色のあなたなら、王になれると思ったんですね？」

「うん。音矢も茜色の髪だったから、王の候補になったことがあったって。ただ敏樹殿は、一嶺家の跡取りの俺が王を引き受けるとは思ってなかったみたいで、やるって言ったら、結構驚いてた。俺としては渡りに船だったんだけど」

それでも即位できる年齢になるまではあと三年あり、静樹王もあと三年くらいなら続けてもいいと承知したため、鳴矢の「中継ぎ」が決まったのだという。

「即位までの三年は、家にいても気が楽だったな。三年経てば一嶺家を出られるってわかってるし、一応いろいろ勉強しておかなきゃいけなくなったから、そっちに没頭できたし」

そう話して、鳴矢はにっと笑った。

鳴矢にとっては王になることこそが、自分の生い立ちから自由になれる、唯一の道だったのだ。

ただ、それは生まれ育った家と、これまでの立場を捨てることであり、名実ともに家族を失うことでもあったのではないか。

「……」

独りなのだ。

孤独になることをわかっていて、それでも鳴矢は王になった。

そして、おそらく今度こそ自分の家族を作るつもりで、名ばかりの后と夫婦になろうとしてくれた。

……わたし、帰れない。

帰りたくない、ではない。帰ったらいけないのだ。

自分が天羽の里に帰ったら、鳴矢をまた独りにしてしまう。

「三年経って実際に即位して、正直、最初はやっぱり王って窮屈で退屈だなって思ったよ。……けど、引き受けて大正解だった。淡雪と結婚できたからね」

そう言って鳴矢は淡雪をあらためて強く抱きしめ、前髪に口づけてくる。

淡雪は深く息を吸い、目を上げた。

「——決めました」

「ん？」

「わたし、天羽の里には帰りません。あなたが退位しても、ずっとそばにいます」

「……へっ!?」

鳴矢は面白いほど目を瞬かせ、口を半開きにしている。実に驚かせがいのある反応だ。

「え、いや、帰りたくないとは言ってくれてたけど、帰らない？」

「はい」

「それは、その、五年後までじゃなくて、十年後でも二十年後でも、俺と夫婦でいてくれるっていうこと？」

「そうです」

「……帰らないで大丈夫？」

「大丈夫でも大丈夫でなくても、帰りません。もう決めました」

鳴矢の夜着の襟を両手で摑み、淡雪はまだ呆然《ぼうぜん》としている顔を見上げる。

「ですが、ただ帰らないと駄々をこねるだけでは、代替わりで都を追い出されるか、無理やり連れ戻されるかになりかねませんから、五年のうちに、方法を考えます」

「……方法」

「わたしが后を辞したあとも都に残る、それを八家に納得させる方法を、です」

天羽にも他の七家にも、誰にも邪魔をさせず鳴矢のそばにいるために。

この五年は、そのための猶予期間だと思って。

「……十年後も二十年後も、五十年後だって、わたしはあなたの妻でいます」

知られればきっと拒絶されると思っていたこの力を受け入れてもらえたなら、他に何の怖いことがあるだろう。

と——

それまで呆《ほう》けていた鳴矢の目が、次第に爛々《らんらん》と輝き始める。

「……淡雪」

「はい」

「惚れ直した」

いまにも大笑いするのではないかと見える表情だったが、声はごく真面目で、心の内がざわりと波立った。

「淡雪がそう決めてくれたなら、俺も絶対、淡雪を離さない。あとで淡雪がやっぱり気が変わったって言っても、帰さないから」

「そんなこと言いませんから、御安心を」

「それならよかった。——じゃあ、末永くよろしく」

言うが早いか噛みつくように口づけられる。鼻で息をするのだと思い出しながら、淡雪も鳴矢の首に腕をまわした。

時を知らせる鐘の音が、微かに耳に届く。

もうその数を数えることはせず、淡雪はただ、この夜がまだ明けないようにと願っていた。

第三章　空蟬の行方

間食の草餅を食べ終えてから、淡雪は寝台に横になる。

昨夜はほとんど寝ておらず、今日は昼前にも少し居眠りしたが、さすがにそれだけで寝不足が解消されるわけでもなく、もう少し休んでおきたかった。

……眠い、のに。

鳴矢は夜が明ける前に帰っていった。また来るけど、いつでも俺のこと見てていいからね、という言葉と、短くはない口づけを残して。

思い出すと眠気が邪魔されて、寝ておきたいのにうまく寝られない。

天眼天耳の力のことを打ち明けたのに、まさか鳴矢の様子があそこまで変わらないとは思わなかった。

いや、心のどこか——ほんのわずかな隙間に、もしかして鳴矢なら、本音はどうあれ、突き放すような態度はとらずにいてくれるのではないかと、願う気持ちはたしかに存在していた。

他人に期待はしないと割り切って生きてきたはずなのに、鳴矢に関しては何ひとつうまく割り切れない。心に隙を作ったら、無傷ではいられないというのに。

……でも鳴矢は、わたしを傷つけなかった。

毛筋ほどの傷さえ与えず。それどころか、秘密の共有という信頼を与えて。

こんなにも大切にされてしまったら、もはや鳴矢のいない天羽の里で生きていける気がしない。やはり帰らずにすむ方法を探さなくてはいけないのだ。

「……」

淡雪は寝台で仰向けになり、『目』を開ける。そのまま夜殿へ飛ぶと、今日は鳴矢も外出しておらず、こちらも眠かったのだろう、長椅子に寝そべり円座を枕にして目を閉じていた。冬殿の長椅子よりもっと大きくて立派なものなのに、鳴矢が寝ていると足ははみ出し肩も落ちてしまいそうで、実に窮屈そうだ。

……寝台で休めばいいのに。

実際、寝心地はよくないのだろう。穏やかな寝息を立ててはいるが、眉間には皺が寄っている。

一緒に昼寝できていたら、あの皺を指で伸ばしてあげるものを。

……いつか、きっとね。

先の見通しなどまったくつかない状況なのに、何故か鳴矢とのんびり昼寝ができる未来が、それほど遠くないうちにあるような気がしていた。鳴矢の明るさがうつったのだろうか。

何やら難しい鳴矢の寝顔を眺めているうち、こちらもつられて眠くなってきて――淡雪は『目』を閉じるとともに、眠りに落ちていた。

◇◇　◇◇　◇◇

浅い眠りの中で、夢を見ていた。

自分はまだ子供で、家の庭にある紫陽花《あじさい》の植えこみの裏に身を隠し、母たちの話にじっと耳を傾けている。

母はこちらに背を向けていて、表情はわからない。同席している女人たちの顔かたちもおぼろげで、何をしゃべっているのかも聞こえない。すべてが曖昧なのに、話の中身だけははっきりわかっていた。

言われているのは自分のことだ。この家で異質な存在。自分さえいなければ、何もかも丸く納まったのだと。つまりは、そういう話だ。

……じゃあ、どうすればいいんだよ。

いないほうがよかったなら、追い出してくれればよかったものを。

どうして自分を産み、この家で育てたりしたのか。何故、嫡子のままにしているのか。

気がつくと、あたりに誰もいなくなっていた。母も他の女人たちも、それどころか紫陽花も。

庭ですらない。荒野だ。見渡す限り何もない、石ころと雑草だけの地に、ぽつんと一人、立っていた。

立ちつくしていても仕方がない。こんな荒野でもどこかへ通じているかもしれないと、ただひたすら歩いていく。

だが歩いても歩いても景色は変わらず、鈍色の空と果てしない荒野が続いていた。抜け出せるはずがないのだ。自分の存在には何の意味もなかったと、思い知らされてしまったのだから。

自分の世界には、もう何もない。どこまでいっても独りだ。

それでも歩き続けなければいけないのか——

いつのまにか、雪が降っていた。鈍色の空から、無数の白いものが落ちてくる。

このまま埋もれて凍えるのか。

……違う。

雪ではなく、これは花びら。風に散る桜のような。

世界が白く、明るい。

誰かいる。降る花の向こうで、黒い髪がなびく。

やっと逢えた。

そうだ。自分はずっと捜していたのだ。自分がこの世に生まれ出たことに、意味を与えてくれる誰かを。

あたたかな眼差《まなざ》しが自分を見つめ、微笑みをたたえた唇が何かを告げる。

——わたしは、あなたのそばにいます。

揺るぎない、力強い口調で。はげますように。

独りではなかった。出逢い、ともに生きるためにここにいる。

意味は、たしかにあったのだ。

手を伸ばす。両手を広げて待っていてくれる人へ。

淡雪——

「……」

長椅子に寝そべった格好のまま、鳴矢は呆然と天井を見つめていた。

夢。

母の本音を聞いてしまった日から、幾度となく見た夢だ。荒野を一人で歩き続け、最後は積もり積もった雪に足を取られて、倒れたところで目が覚める。

また同じ夢かと思ったのに。

「……こんなことあるのか……」

大きく息をつき、鳴矢は片手で額を押さえる。まさか展開が、途中で変わるとは。

この夢で目覚めた日は、いつも一日、憂鬱な気分になったものだが。

「平気だ。……全然」

倒れて雪に埋もれるどころか、淡雪が抱きしめてくれるのだから、もう少し続きがあってもよかったぐらいだ。

……これ、淡雪に話したら呆れられるかな。

それとも心配されるだろうか。そんな暗い夢を何年も見ていたのかと。

そんなことを考えつつ、視線をあちこちにめぐらせてみる。寝起きの、こんな妙な様子を、淡雪は見ているのだろうか。

……ああ、でも、今日は昼寝するって言ってたな。

昨夜ほとんど寝ていないのだ。さすがに淡雪も眠いだろう。

「……」

天眼天耳という力のことはよく知らないし、聞いても正確に理解できてはいないだろう。『鳥の目』で世界がどんなふうに見えるのか、なかなか想像も及ばないが。

……気持ち悪くないのかって、ずいぶん気にしてたなぁ。

実のところ、その力を不快に感じることが絶対ないとも言い切れないと思う。

問題は、誰が何の目的でどのように使うか、ではないだろうか。

もし、誰かが王の行動に不審なところがないか監視するために『鳥の目』を使っていると聞けば、それはもちろんいい気分はしない。だが外に出られない退屈しのぎであれば、その気持ちは理解できる。

それどころか、見ていて一番楽しかったなどと言われたら――これはもう、許すしかないではないか。

そもそも力そのものに、どれも善《よ》し悪《あ》しはないのだ。すべては使う者の心ひとつで役にも立つし、危険なものにもなる。何も天眼天耳に限ったことではない。

ただ、それを告げたところで、それでも淡雪は力の使い道を恥じるのだろうが。

……悪いことに使ってるんなら、あんな、この世の終わりみたいな顔するはずないんだよな。

取り返しのつかない失敗、と淡雪は表現した。

おそらく絶対に明かすつもりのなかった己の力のことを、ただの雑談をきっかけに打ち明ける破目になってしまったのは、本当に誤算だったのだろう。

いま思い返すと、空蟬姫の件を誰から聞いたのかと詰め寄ったのは、淡雪にかわいそうなことをしてしまった。流せない話ではあるので仕方なかったが、あれで淡雪はごまかせなくなってしまったのだ。真照と希景を疑わせないために。

信頼というのは、本当に難しい。得るためには手間も時間もかかるのに、失うのはあっというまだ。

さっきも夢に見た、母の本音を聞いてしまったあの日。あれは自分の存在を見失った日だったが、母への信頼を失った日でもあったと思う。あの日を思い出すと、得た信頼は何がなんでも守りたいし、他者への信頼を疑うことも、できればしたくない。

淡雪は絶対に明かしたくなかった秘密を明かすことで、自分の真照と希景への信頼を疑わせず、結果として真照と希景の自分への信頼も守ってくれたのだ。

そうまでしてくれた淡雪の信頼を、自分は得られただろうか。

淡雪に秘密を打ち明けさせた、その代わりというわけではないが、こちらの秘密も明かさなくては淡雪に信用してもらえないかもしれないと思い、生い立ちからの長話に付き合わせてしまった。家の事情を引きずってうじうじと悩み続けている、ただの弱い男だと、淡雪も察したはずだ。

それなのに、ずっとそばにいると言ってくれた。十年後も二十年後も、五十年後も妻でいると。

「……」

鳴矢は額を押さえていた手で、今度は目を覆う。

思い出すと泣きそうだ。

淡雪はきっと、自分の言葉が何を起こしたのか、完全にはわかっていないだろう。

あれは、遠い日に庭の紫陽花の植えこみの裏に魂を置き去りにしたまま、今日までさまよっていた抜け殻に、もう一度命を与えた言葉だった。

天羽の里には帰らないと言ってくれた。

そうだ。帰せない。たとえそれが、神の意思に反することだとしても。

淡雪が望むなら、絶対に自分のそばから離すものか——

そのとき突然、部屋の扉が勢いよく、何の前触れもなく開いた。

はね起きてとっさに身構えた鳴矢と、扉に手をかけたまま目を見開いた典侍の鳥丸和可久沙が、互いの顔を見て固まる。

「……お出かけではなかったのですか」

和可久沙はいぶかしげに眉間を皺めたが、鳴矢はそれ以上に剣呑《けんのん》な目を和可久沙に向けた。

「不在かどうかたしかめもしてないのに、勝手に入ってきたのか。声すらかけずに」

「……失礼いたしました」

さすがに失態だったと思ったようだが、和可久沙はいかにも嫌々といったふうに頭を下げる。鳴矢は大きくため息をつき、長椅子に座り直した。

「それで？　昼間の夜殿に、内侍司が何の用？」

あえてつっけんどんな言い方をしたのは、通常、内侍司の女官が夜殿に来るのは、朝晩と夜間の見まわりだけのことだからだ。起床後の洗面と身支度の手伝い、朝餉と夕餉の世話、湯浴みの用意、それと就寝後に一度、夜殿の周囲に異常がないかの形式的な確認。王に関わる内侍司の仕事は、主にこれだけだ。それ以外のことは他の司の担当なので、夕方までまだ時間があるいまごろ、内侍司の者が夜殿へ来るのは不自然だった。

何故、用がないはずの昼間に勝手に入ってきたのかと、暗にとがめたわけだが。

「水差しを置きにきただけです」

「水差し？」

よく見ると和可久沙は、片手に壺のようなものを持っていた。見たことがある気がする。昨日から今朝までここにあった、孔雀の絵柄の水差しに似ているが。

「それ、白湯入れてあったやつか？　昨夜ここにあった」

「そうです。戻されてきましたので、あらためて置きにきました」

「俺が前の水差しに戻してくれって言ったんだよ。それ気に入らないから」

「気に入らない？」

　和可久沙の眉が、露骨につり上がる。

「これは六十五代の王が御愛用の由緒正しき白磁ですよ。気に入らないとは――」

「いや誰が愛用してようと、俺はいらないってだけ。わざわざ戻さなくていいから」

「何というもったいないことを！　お使いなさい。あなたのように粗野な質の者は、三実王を見習って洗練された品々を身のまわりに置くべきです！」

　和可久沙はずかずかと部屋の中へ踏みこんでくると、水差しを卓に置こうとした。鳴矢もすかさず立ち上がり、手を伸ばしてそれを阻止しようとする。

「余計なお世話だ。そんなにありがたがるんなら、持って帰って自分で使えばいい」

「それでは意味がないのです！　王の品格を上げるためのものですよ！」

「だから、こういう派手なのは好かないって――」

　和可久沙が水差しから手を離したのと、鳴矢が追い払うように振った手が注ぎ口に当たったのは、ほとんど同時で――落下した水差しは、ものの見事に砕け散った。

　ひと呼吸ぶん置いて、和可久沙の絶叫が響き渡る。

「なんっ、何ということを……！」

「あーあ……。だからおとなしく持って帰れって言ったのに」

「これだから、野蛮な子供が王になるなど嫌だったのですよ！　ああ嘆かわしい！

まったくひどい……」

和可久沙は怒りで真っ赤になった顔でさんざん悪態をつきながら、足音荒く部屋を出ていってしまった。——割れた水差しを放置したまま。

「ちょっ、片付けていかないのかよ!?　おい、典侍——」

鳴矢の呼びかけを無視して、和可久沙の罵声はどんどん遠ざかっていく。

……せっかく昨日はいい日だったのに。

鳴矢は盛大にため息をついた。


「……っていうわけだから、そこ踏まないように気をつけてな」

床に散らばった破片を指さして、鳴矢は希景に首をすくめてみせた。

「いま掃司を呼んでるから、もうすぐ片付けてもらえるけど」

「そうですか」

例によって歴代の王の日記を読みに夜殿を訪れた希景は、渋い表情で水差しの残骸に目を落とす。

「あの典侍が六十五代目の三実王とつながりが深いことは昨日聞きましたが、それにしてもずいぶんと心酔しているようですね」

「俺、よく知らないんだけど、そんなに立派な王なんだ？」

「どちらかといえば、評判は芳しくないです。即位の時点で四十を過ぎていたせいもあるかもしれませんが、かなり強権的で、在位中の十八年間は、合議でも王の意向が押し通されることが多く、それでしばしば七家の意見が対立したようですので」

「それでよく十八年も続いたなぁ。交代させようって話は出なかったのかな」

長椅子にだらりと寝そべったまま、鳴矢は首を傾げた。

「毎年のように出たそうです。しかし次の王に適した者が容易には見つからなかったのと、三実王自身が何年経っても譲位の意思を示さなかったため、それだけの年月が過ぎてしまったのだとか。六十歳になってようやく退位したあと、今後はできるだけ若い者を王にしようと合議で決定されたと聞いています」

「それで俺みたいな若造に声がかかるわけか」

「それが良い傾向かどうかは別として、合議だけは滞りなく進行できるのでしょう」

希景はその場にしゃがんで、破片を興味深そうに眺めている。

「……そういえば、三実王の家では、孔雀が飼われているそうですよ」

「へぇ？　ああ、三実王って院に入らないで、都の外れに住んでるんだっけ」

「巽の社に近い、南のほうに館を構えていますね。すでに八十過ぎの高齢ですから、静かなところで暮らしたいのかもしれません」

「本物の孔雀って見たことないなー。希景はある？」

「私も絵でしか見たことはありません。……それにしても、この壺の孔雀は、あまりいい絵柄とは思えませんが」

孔雀の部分は、ちょうど広げた羽のところで割れてしまっているが、絵の不気味さは希景にもわかったらしい。

そこへ複数の軽快な足音が近づいてきて、扉の前で止まる。

「――掃司、参りました」

「おー、入って」

鳴矢が返事をすると、昨日の花見に来た三人がそろって顔を出した。

「失礼いたします。こちらで御用とか……」

「ああ、悪いんだけど、水差しを落として割っちゃって。片付けてほしいんだ」

「かしこまりました。……あ」

紀緒という名だった尚掃が、希景に気づいて頭を下げる。

「昨日は、御無礼いたしました」

「いえ……」

希景は立ち上がり、丁寧に一礼を返した。

「芝原家の件は、いま調べさせていますので」

「えっ……本当にあれを」

紀緒は目を見開いているが、希景はやると請け合ったことはきっちりやる人物だ。

鳴矢から見れば、何ら不思議はなかった。

「何らかの結果が出次第、お伝えします。ただし通常の手続きとして蔵人所と内侍司を経由しての報告となると、主に内侍司のほうがいささか厄介ですので……」

「それは俺に言ってくれれば、尚掃を呼ぶ段取りぐらいはつけるよ。今日みたいに、急に掃除してほしいところがあるとでも言えば」

長椅子から起き上がり、鳴矢が片手を上げる。

「王に取り次ぎをお願いするのは恐縮ですが、たしかにそれが最善の策ですね」

「これぐらい何ともないって。――尚掃も、そういうことでいい？」

「お気遣い、おそれいります」

紀緒は鳴矢に深々とお辞儀をした後、ちらと希景に視線を向け、一瞬だけはにかむように表情を緩めて、すぐに背後の典掃二人を振り返った。

「それじゃ、これを片付けてしまいましょう。割れ物だから気をつけて」

「はーい」

箒《ほうき》を手にした二人が返事をし、床に散らばったままの破片を掃こうとする。

「……あれ？」

年上のほうの典掃が、大きく割れた水差しの胴の部分を覗きこみ、首を傾げた。

「これ、ひょっとして呪いの孔雀？」

「えっ？」

急に物騒な言葉が出てきた。

「やだっ、何ですか、呪いって？」

「えーとね、昔、そう呼ばれてた水差しがあって……紀緒さん、これ、違います？」

「ずいぶん久しぶりに聞いたけれど……」

紀緒はしゃがんで、破片をひとつ手に取る。

「……本当だわ。これがまだあったなんて……」

「ですよね？　やっぱり」

「——何？　それ、何かいわくつきのやつだったの？」

鳴矢が訊くと、紀緒と典掃の一人が振り向いた。

「前の王の、最初の后がお使いになられていた水差しと、同じもののようです」

「静樹王の？　最初のっていうと、空蟬姫じゃなく……」

「はい、冬木姫です。わたくしとこちらの伊古奈は、冬木姫が后になられて三年目の同じころに、後宮へ入りました」

紀緒は破片をそっと床に戻して、腰を上げる。

「冬木姫はもともとあまり丈夫ではなかったそうですが、わたくしどもがお仕えするようになって、半年ほど経ったくらいでしたか……頭の痛みや吐き気に悩まされて、寝こみがちになってしまわれたのです。ですが、どこがどうお悪いのかはっきりしませんで、それで女官たちの中に、この水差しが呪われているのではないかと言い出す者が、ちらほらと……」

「……何で、これのせいに？」

「冬木姫のお加減が悪くなってきたころに、たまたま使い始めていたということと、この孔雀がいかにも呪われそうに気味が悪いという、そのような理由でした」

紀緒は困ったように苦笑した。

「後宮の仕事は、日々同じことのくり返しですので、少しでも変わった話があると、つい盛り上がってしまうのです。それで一時、呪いの孔雀だと騒ぎになりましたが、これが別の水差しに取り換えられてからも、冬木姫の容体は思わしくないままでしたし、それ以降この水差しをまったく見かけませんでしたので、すっかり忘れておりました。——伊古奈、あなたよく憶えていたわね」

感心半分、呆れ半分といった様子で、紀緒が年上の典掃を見る。

「印象強かったんですよねぇ。烏丸の典侍と冬木姫の、ありがたくお使いなさーい、嫌よ取り換えなさーい、って、言い合いもすごかったですし」

「……俺と同じことしてたんだな」

その冬木姫とやらも、さぞかしうんざりしていたのだろう。

ふと気づくと、希景がやけに険しい面持ちで破片を見下ろしていた。

「希景、どうかしたか？」

「……すみませんが、この割れた水差しを預からせていただけますか。胴の部分の、大きな破片だけで構いませんので」

「え？　……ですが……」

紀緒は困惑気味に、希景と鳴矢を交互に見ている。

「持ってくのはいいけど、割れたのなんか、どうするんだ？」

「たしかめたいことがあります。しいて言うなら、呪いの正体を」

「へぇえ？」

鳴矢は大きく口を開けてしまったが、希景はいたって真面目な顔をしている。

すると紀緒が懐から布切れを取り出し、大きめの破片を拾い始めた。

「これくらいでよろしいですか？」

「その、底のところもお願いします。――それでいいです。ありがとうございます」

紀緒が布で包んだ水差しの破片を、希景は丁重に受け取った。

「あとは掃除してしまってよろしいですか?」

「大丈夫です。お手数おかけしました」

「……浮家は、呪いみたいなことまで調べるの?」

まだ目を瞬かせ訊いた鳴矢に、希景は背筋を伸ばして真顔でうなずく。

「何事も、疑問があれば調べずにはいられない性分でして」

◇◇　　◇◇　　◇◇

昼寝から目覚めても、部屋には誰もいなかった。まだ夕刻ではなかったのかと思いながら、淡雪は起き上がって大きく体を伸ばしつつ、あくびをする。

ようやく頭がすっきりしたが、いささか寝すぎたかもしれない。夜、かえって眠れなくなってしまったらどうしようか。

……少し外を歩いてこようかしら。

寝台から下り、窓から庭の様子を見ようとして、ふと淡雪は耳をすます。

建物の裏手で物音がした。階を上がってくる足音だ。湯浴みの付き添いをしてくれる兵司の女官だろう。それなら散歩はやめだ。

そう思ったとき、失礼しますとも入りますとも声のかからないまま、扉が開いた。

振り向くと、そこには女官が一人、立っていた——のだが。

「……？」

違和感を覚え、淡雪は微かに眉根を寄せた。

女官の格好はしている。だが何かおかしい。頭。そう、挿頭《かざし》だ。女官なら必ず髪に挿している挿頭がない。

「……あなた、どこの司の人？」

内侍司なら藤。掃司なら紅椿。兵司なら紅葉。挿頭の花によって属する司がわかるというのに、この初めて見る女官の髪に、肝心のそれがないということは。

すると扉のところに立っていた女官が、自分の頭を触って、あら、と声を上げた。

「そうだったわ。挿頭がないといけないのに。だめね、もう忘れてしまうなんて」

「あなた誰なの」

淡雪はとっさに身構えて、数歩、後ずさる。

女官ではないと直感していた。女官のふりをした何者かだ。年のころは三十五くらいか。榛色の髪。色が白く顔が小さめで、首がほっそりしている。鶴のようだ。

「あなたが、当代の后ね？」

鶴のような女が、逆に訊き返してくる。淡雪は警戒を露《あら》わにしたまま、女を見すえた。

「何者ですか。言いなさい」

「空蟬よ。前の后の」

「……」

まさか。そんなはずはない——淡雪は喉から出かかった言葉を飲みこむ。

空蟬姫が白帯川に流された件は、まだ秘密のはずだ。昨日の今日で、公にされてはいないだろう。

「空蟬姫……ですか」

「そうよ」

「では、あなたが空蟬姫であるという、証しは」

「えぇっ？」

この返事が意外だったのか、鶴のような女は、甲高い声を上げた。

「やだ、信じてくれないの？」

「空蟬姫は、とうに天羽の里へ帰られたはず。都にいるはずがないでしょう」

「ああ……そうね。たしかにそうだわ」

女は腕組みをして、首を傾げる。

「どうしようかしら。こんなことなら、一度でもあなたと顔を合わせてから都を出るべきだったわね。そうすれば話が早かったのに。あなた、わたくしの姪よね？　そのわりに顔は全然似ていないし、困ったわ」

たしかに自分は、空蟬姫とは叔母と姪の間柄だ。それは知っているのか。

「こうなったら、本当の女官が来るまでいるしかないわね。ひと月ちょっとで、まだそんなに人は入れ替わってないでしょ？　あとで誰か来るわよね？　兵司か殿司か。女官なら、わたくしの顔を知っているから」

そう言いながら、空蟬を名乗る女は勝手知ったる様子で中に入ってくると、遠慮のない視線を部屋中にめぐらせた。

「あら。あなた、全然部屋を飾ってないのね。五年はここにいるのでしょ？　もっと自分の好きなようにすればいいのに。……何か変な枝は飾られているけど」

一瞬ひやりとしたが、小鳥の鳴矢は桜の枝に止まっていなかった。人の気配を察して、すでにどこかへ隠れてくれたのだろう。

淡雪は思いきって前に出ると、女の行く手をさえぎるように立った。女は虚をつかれた表情をする。

「あなたが空蟬姫であるという証しがないうちは、勝手は許しません」

「……なかなかやるわね、あなた」

見開かれた目に面食らった余韻を残しながら、女の口元には笑みが刻まれていた。威嚇が効いたのか、あるいは争う意思はないという表れか、女は素直に扉の近くまで下がり、腕を組んだまま壁にもたれる。

「よかった。次の后が弱い子だったらどうしようかと思ったわ。あの典侍、まだいるのよね？　鳥丸和可久沙。おとなしくしていたら、あれに負けてしまうから」

白帯川の件を聞いていなければ、この女が空蟬姫だと信じてしまっていたかもしれない。だが、この女が空蟬姫だとしたら、川に流されたのはいったい誰なのかという話になってしまう。

いまはこの女に、余計な情報は与えないことだ。

「……そうだわ。鳥丸の典侍を呼べばいいのね。典侍なら、空蟬姫の顔は絶対に知っているはずだもの」

「えぇ？　ちょっと、ちょっと待って。やめて。それだけはやめてちょうだい。あの女じゃなくても、他にいくらでもいるでしょう。紀緒は？　伊古奈は？　まだ衣那《えな》だっているわよね？」

空蟬を名乗る女はぎょっとして、両手を大きく振った。本当にあわてているように見えるが。

「お願い、あの女は呼ばないで。あなたのためにもならないから。ね？」

「不審な侵入者の言い分を聞かなければならない義理はないわ」

「ちょっ……ああもう、失敗した……」

こんな子だったなんてとつぶやきながら、女はほとんど泣き顔で頭を抱えている。

油断はできないが、こちらの優位は取り戻せたようだ。

しかしここからどうするかと考えをめぐらせていた矢先、またも建物の裏手から、今度は少しあわただしい足音が聞こえてきた。

「失礼します。后——」

声をかけながら勢いよく扉を開けて駆けこんできたのは、尚兵の真登美だった。真登美は部屋の奥にいた淡雪とすぐそこにいる女を見比べて、あ然とする。

「……后……？」

「あっ、真登美!?　いいところに。ほら、わたくしが空蝉だって証明してちょうだい。この子、ちっとも信じてくれなくて——」

空蝉を名乗る女が、すがるように真登美の腕に手をかけた。だが真登美は逆にその手首を素早く摑むと、淡雪に目を向ける。

「門が開いておりましたので、何かあったのではないかと」

「痛っ、痛い痛い」

「見てのとおり、この人が急に入ってきたの。本人は空蟬姫だと名乗っているけど」

「真登美、離して！　痛いってば！」

「わたし空蟬姫の顔を知らないから、本物かどうかわからなくて」

「……似てはおりますが」

「え!?　嘘でしょう。わたくしの顔、もう忘れたの!?」

女は絶望的な顔で真登美を振り返った。

「前の后は化粧でだいぶ印象が変わると、伊古奈が話していました。声と、この首の細いところは、前の后によく似ています。あとは――」

片手で女の手首をがっちりと摑んだまま、真登美はもう片方の手で女の襟首を強く引っぱり、背中を覗きこむ。

「湯浴みのさいに、衣の脱ぎ着をお手伝いしておりましたので、背中に大きな黒子があるのを存じております。……ありますね、黒子が」

「ちょ、首、苦し……」

「同じ黒子？　間違いない？」

「はい。こちら、前の后ですね」

いたって真面目に答えて、真登美は無造作に女を解放した。放り出すように手首と襟首を離され、たったいま空蟬だと判明した女が、前につんのめって壁に手をつく。

真登美のすまし顔と咳きこむ空蟬をかわるがわる見て、今度は淡雪が腕を組んだ。

たぶん真登美は嘘をついていない。まだひと月程度の付き合いだが、真登美は常にきちんとしているし、自分に対して礼を失した態度をとったこともない。先だっての盗賊騒ぎのときもよく働いてくれた。あれからも何かと気遣ってくれて、ありがたいと思っている。――つまり、いまのところ真登美は信頼できるのだ。

片や空蟬は、自分の叔母ではあるが、これが初対面だ。そして天羽の里の者だからといって、それが信用の根拠にはならない。何よりこの女が本物の空蟬であるなら、鳴矢にもたらされた情報は何だったのかという話になる。

「……あなたが空蟬姫だとして、何故ここにいるのか解せません」

淡雪はあえて不信感を隠さない面持ちで、空蟬を見すえた。ようやくひと息ついたらしい空蟬が、襟元を調えつつ真登美を一瞥《いちべつ》する。

「ああ、苦しかった……。まったく、真登美のがさつなところは直らないのね」

唇を尖らせてそう言って、空蟬は淡雪を振り返った。

「あなたに会ってみたくてここに来たのよ。親戚なのに、里では一度も会わなかったわよね？」

「そうですね。ですがわたしが尋ねたいのは、里へ帰ったはずのあなたが、どうしてここにいるのかということです」

「それは、帰りたくないからよ。あそこでの巫女暮らしは、もうまっぴらだもの」

そこは同意できる。簡潔かつ最も納得のいく理由だ。

「帰りたくないから戻ってきて、それで今度はここで女官をやるのですか？」

「えっ？　違うわよ。これはあなたに会うため。この格好なら、後宮を歩いていても不自然じゃないでしょ？」

挿頭がない時点で、不自然になってしまうのだが。

「では、いまはどこにおいでなのですか。帰りたくないからといって、天羽の者が都で暮らせますか」

「梅ノ院よ。静樹王が住まわせてくれているの」

前の王の館か。

ということは、前の王もこの件は承知しているということになる。

……なるべく早く鳴矢に知らせないと。

川に流されたのに何故生きているのか、それをこの場で空蟬本人に問うことはできない。それは本来、淡雪の耳にも入っていないはずの話だ。そして空蟬の意図が読めないうちは、会話を続けること自体、慎重になるべきだろう。

何より——空蟬の背後で様子を見守っている真登美の表情が、明るくない。

「では、静樹王のはからいで、あなたはこれからもずっと都にいることになったと」

「ええ。助かったわ。あなたも何か困ったことがあったら、梅ノ院へいらっしゃい」

空蟬の表情は晴れ晴れとしている。

いま尋ねておける範囲で、訊くべきことは訊けた。あとは鳴矢に伝えてからだ。

淡雪は天羽の里にいたころのような、感情を表に出さない顔で、空蟬を見つめた。

空蟬はさっき真登美に摑まれた手首をさすりながら、あらためて部屋を眺めている。

「ねぇ、もう座っていいでしょ？　都に戻ったばかりで、疲れているのよね」

「でしたら、どうぞお引き取りください」

「えっ？」

「わたしに会ってみたかっただけなんですよね？」

空蟬がまたも、あっけにとられた顔をした。

「え、それはそうだけれど、いま来たばかり……」

「わたし、これから湯浴みなんです。そのあと夕餉で」

「知っているわよ。七年もここにいたのよ？」

「それなら御存じでしょう。長話をする時間はありません。女官たちには女官たちの予定があります。わたしも湯浴みや夕餉の時間を遅らせたくはないです」

「わたくしは湯浴みも夕餉も、もっと遅い時間にしていたわ。話す時間なら充分あると思って、いま来たのよ」

「いまの后はわたしです。わたしはわたしの時間で動きます」

「……」

空蝉が困惑といら立ちの入りまじった表情で、淡雪をにらむ。だが淡雪は無表情を貫いた。目は逸らさず、空蝉の強い視線を受け止める。

長い沈黙の後、淡雪に譲る気配はないとようやく覚ったのか、空蝉は両手を広げ、大げさなため息をついた。

「わかったわ。また今度にするけれど、昼間は嫌なのよね。せっかく女官たちが忙しくしていて、あまり明るくない時間を選んできたのに」

そう言いながら踵を返し、空蝉は扉のところに立っていた真登美を見上げる。

「真登美、わたくしがここに来たって、絶対誰にも話したらだめよ。いいわね？」

真登美の返事は聞かずに出ていこうとして、空蝉は思い出したように振り返る。

「そういえば、あなたは何の力を持っているの？」

「……持っているように見えますか」

淡雪はわざと、口調に不愉快さを含ませた。それを聞いて空蝉は一瞬、残念そうな顔をする。

「そうね。あなたは黒髪のようだし、そういうことね」

じゃあね、と言って、空蝉は今度こそ部屋を出ていった。

足音が遠ざかり、真登美がそのあとを追って様子を見にいき、また戻ってくる。

「いま門を出ていかれましたが……よろしかったのですか？」

「何が？」

「前の后と、お話しされなくて」

「わたしは話すことがないし……」

白帯川の一件がどうなっているのかわからない以上、迂闊にあれこれしゃべるわけにはいかないのだ。

「それに——真登美さん、もしかして空蟬姫のこと、好きじゃないんじゃない？」

「……そんなに態度が露骨でしたか、わたくし」

胸に手を当て、真登美が下を向く。

「露骨というほどでもないけれど、何となくそうかと思ったのよ。本当に好きじゃなかったの？」

「前の后は、その……はっきりとものを言う方でして、わたくしはこのように愚鈍で気が利かないので、前の后にはよく叱られておりました」

「えっ？　真登美さんのどこが？」

どちらかといえば真登美はてきぱきしていて、心遣いも細やかだ。愚鈍も気が利かないも、真逆ではないか。

「わたし、真登美さんのことそんなふうに思ったことないわ」

「それは后が、御自身のことは御自身でなさるからです。わたくしども兵司は、前の后が湯浴みのさいには必ず着替えのお手伝いなどしておりましたが、わたくしはどうしてもうまくできませんで、手際が悪い、物の扱いが雑だと、常々苦言を」

「……ちょっと待って？」

そういえば、さっき衣の脱ぎ着のときに背中の黒子を見たと言っていたが。

「兵司の仕事は後宮内の警備でしょう。湯殿で着替えの手伝いをさせるなんて」

「ただ突っ立って見張っているだけなんて気が利かない、髪を拭いたり湯帷子を着せたり、手を貸すところはあるだろうと言われまして……」

自分で自分の手をさすりながら、真登美が気まずそうに視線をさまよわせた。

「前の后は御自分なりに、后としての威厳を保とうとしておられたのだと思います。悪い方ではないこともわかっています。ただわたくしとは、合わなかっただけです。紀緒さんのようによく気のつく人なら、叱られはしなかったはずですし……。前の后と互角に言い合えたのは、鳥丸の典侍くらいでした」

「何だかずいぶん面倒な人みたいね。空蟬姫って」

何の前触れもなくいきなり押し入ってきて、話をしようなどと言い出している時点で、真登美よりはるかに気遣いができていないではないか。

和可久沙も面倒だが、どうやら空蟬もなかなかに厄介な人物のような気がする。

淡雪はうつむいている真登美の腕を、軽く叩いた。

「わたしね、このあいだの盗賊騒ぎのあと、真登美さんがわたしのことずいぶん心配してくれて、すごくうれしかったの」

「……后」

「髪くらい自分で拭けるわ。兵司のみんなが見まわって、湯殿に付き添ってくれて、わたしはそれで充分安心できる。あなたはいつも、やるべき仕事をきちんとしてくれているのよ」

淡雪の言葉に、真登美は一瞬、泣きそうに顔をゆがめ――だがすぐに、ぐっと口を引き結んだ。

「……ありがとうございます。今後もせいいっぱい努めます」

「ええ。頼りにしているわ」

「では、いかがなさいますか。本来の湯浴みの時間まで、まだしばらくありますが」

「え？　申《さる》の三刻じゃ――」

そのとき時を知らせる鐘の音が聞こえた。その数に、淡雪は思わず声を上げる。

「いま申の刻になったばかりなの？　真登美さんが来たから、てっきり……」

「見まわりの途中、裏門の閂《かんぬき》が外れているのに気づきまして、水司《もいとりのつかさ》や殿司が来るには早すぎると思い様子を見に入りましたら、人の声がしましたので」

湯殿の見張りではなかったのだ。淡雪は笑顔でもう一度、先ほどより少しだけ強く真登美の腕を叩いた。

「ほら、全然気が利かないなんてことないじゃない。真登美さんのおかげで助かったわ。わたし本当に空蟬姫の顔を知らなかったから、いったい誰が入ってきたのかって怖かったのよ」

「入る前に気づけず、申し訳ございません」

「それはもう仕方ないわ。あの人、見つからないようにしていたんでしょうし……」

そうだ。空蟬姫は堂々と来訪したわけではない。去り際、真登美に口止めもしている。少なくとも後宮内では人目につかないように行動していたということだ。

やはり何かあるのかもしれない。

「……湯浴みの時間まで、あと半刻はあるのよね？」

「そうですね」

「それなら――真登美さん、お願いがあるの」

淡雪は真登美を見上げ、声を落として告げる。

「いまから夜殿へ行って、鳴……王に、ここへ空蟬姫が現れたこと、知らせて」

「王にですか？」

「もし王が夜殿にいなければ、蔵人所へ行って、蔵人頭か、百鳥の蔵人に。できれば他の人には聞かれないように」

鳴矢は今日、ずっと夜殿にいるはずだ。だから真登美が蔵人所まで出向かなくてもすむとは思うが、絶対ということもないので、その場合は希景か真照に伝えてもらうのがいいだろう。

「天羽の里に送っていったはずの空蟬姫が戻ってきているなんて、おかしいでしょう？　こんなの聞いたことがないわ。知らせておいたほうがいいと思って」

「……そうですね。おかしいです、たしかに」

うなずいて、真登美はしゃんと背筋を伸ばした。

「わかりました。お知らせします。湯浴みの時間には、あらためて参上しますので」

「よろしくお願い」

真登美は愚鈍とはほど遠い足取りで出ていった。これで鳴矢に伝わるはずだ。

……帰りたくない気持ちは、よくわかるけど……。

だからといって、本当に都へ戻って、それで天羽の里の側は納得するだろうか。

八ノ京に置く天羽の巫女は、一人だけと決まっている。

これが二人となると。

……まさか、それならわたしを返せなんていう話にはならないわよね？

その可能性を考え、背筋が寒くなる。

淡雪は自分で自分の腕を抱くようにして、長椅子に座った。

五年後を待たず、天羽の里へ戻らなくてはならなくなったら——

いや、そんなことはないはずだ。第六十九代鳴矢王の后は自分だ。前王の后が都に残りたがったとしても、当代の意思より優先されるということなどあるまい。

大きく息を吐き、淡雪は窓の外を見た。まだ明るいが、空の色はたしかに夕刻に近づきつつある。

それにしても、都へ来てまだひと月ほどだ。天羽の里でかつての后たちから聞いた限りでは、代わりばえのない日々でいかに退屈しのぎをするか、工夫しなくてはならないような話だったのに、たったひと月で、何といろいろあるものか。

天羽の里を出たときには、まさかこんなことになるなんて、思ってもみなかった。

それもこれも、自分を名ばかりの后のままにせず、放っておかなかった鳴矢が原因なのだが。

鳴矢のことを考えると、不安が幾らかやわらいだ。

そう、昨夜誓ったばかりだ。何があっても鳴矢のそばにいると。

たとえ空蝉がどこで暮らそうと、自分には関係のないことだ。都に天羽の女が二人いても構わないではないか。

ふと見ると、炎の色の小鳥が長椅子の肘掛けに止まっていた。指先で背を撫でてやると、いっそう体を丸くする。

そのとき小鳥の体が、青白く光った。

「……よかった。来てくれるのね」

真登美から話が伝わったのかもしれない。淡雪は安堵の息をついた。


湯殿の付き添いのために再び冬殿へ来た真登美から、鳴矢に空蟬の話を伝えたこと、詳しい話を聞きたいから、今夜遅くなるかもしれないが、鳴矢が冬殿を訪ねると言っていたことを、あらためて知らされた。遅くなるとはどれくらいかと思ったが、いつもどおり湯浴みと夕餉をすませ、女官たちが退出してから半刻ほどして、鳴矢は訪ねてきた。

「ごめん、今日は見まわりが小野《おの》の典侍だったから、なかなか出てこられなくて」

聞けば、夜殿では王の就寝後、内侍司の女官が一人、見まわりをするのだという。

だいたい夜殿の建物の外周をひとまわりして帰っていくのだそうだが、和可久沙と、その最も忠実な配下である小野の典侍は、わざわざ戸を開けて王の寝所を覗き、王が寝ているかまで確認していくらしい。一応、休むときは寝台の幕を閉じているので、寝姿まで見ていくことはないそうだが、もし寝所にいないことに気づかれて、ならばどこにいたのかと追及されるのも面倒なので、典侍が見まわりの日は外に出ないようにしているのだと、鳴矢は話した。

「別に王が寝所にいなくたっていいんだよ。これまでの王、だいたい夜はどこかしらの妃のところへ泊まってたっていうんだから」

「……でも、あなたがいなければ大騒ぎですね」

泊まった先が愛妾の住まいである春殿、夏殿、秋殿なら、典侍たちも何も言うまいが、これら妃の館は現状、使われていない。それで王が寝所にいないとなれば、行き先が冬殿しかないことは、すぐに気づかれるだろう。

「まぁ、でも、これもよくわかんない慣習だよな。夜に一回だけ見まわりってさ。昔何かあったから、内侍司にこういう仕事ができたんじゃないかって話だけど、ほんと後宮って、意味不明な慣習ばっかりだよ」

ぼやきながら、鳴矢はずっと淡雪の背にかかる髪を撫でている。

鳴矢はもはや何のためらいもなく寝台に上がり、有無を言わさず淡雪を膝に座らせ横抱きにしていた。どうやら昨日から、この体勢で話をするのが気に入ったらしい。

「……あ、ごめん。余計な話だ。空蟬姫のことだったよね。ここに来たって」

「真登美さんから聞きましたよね？」

「それ尚兵？　うん、聞いた。尚兵が見てたところは、全部教えてくれたよ。それで腑に落ちた」

「え？」

「空蟬姫を送っていった梅ノ院の院司から、何度か報告が上がってきてるんだけど、聞けば聞くほど変だなって思うようになってたんだ。俺だけじゃなく、希景と真照もそう思ってた。けど、空蟬姫が生きてたっていうんなら、納得がいく」

髪を撫でる手を止め、鳴矢は淡雪の顔を覗きこんだ。

「たぶん空蟬姫は、自分を死んだことにしたかったんだ。天羽の里へ帰らなくてすむように」

「……あ」

そういうことか。

都から里へ帰る途中、不慮の事故で死んでしまった。しかも亡骸は川に流され行方知れず——たしかにこれなら、もはや「空蟬姫」はこの世にいないことになる。

そういうことにしておいて、空蟬は都へ戻り、これから別人として暮らすのだ。

「空蟬姫一人でできることじゃないだろうから、きっと静樹王と梅ノ院の院司が協力したんだ。いま梅ノ院に住んでるっていうなら、間違いないと思う」

「そんな大がかりなことをしてまで……」

「どういう意図があって静樹王が手を貸したのかわからないけど、少なくとも空蝉姫を都へ戻すことには成功したんだ。天羽の里には、もう空蝉姫の訃報は伝わってる」

天羽の巫女としての自らを捨て、前王の后として帰京したのか。

「……前の王も、空蝉姫と夫婦でい続けるつもりで？」

「いや、それはないいんじゃないかな。静樹王の男色はわりと有名だし」

「あ、そういえば……」

そんな話を前に紀緒から聞いた。それなら協力した理由は他にあるのだろう。

「何にしても、これはちょっと、静樹王に話を聞かなきゃいけない。俺、近いうちに梅ノ院に行くことにしたよ」

「前の王に会うんですか？」

「尚兵から報告を受けてすぐ、希景と相談したんだ。都に天羽の女人が、同時に二人いるって、ここ七十年ではなかった事態だからね」

「たしかにそうですね……」

神事や『術』に影響があるのだろうか。空蝉は実にあっけらかんとしていたが。

「……それにしても、わたしは思いつきませんでした。自分を死んだことにして都へ帰るなんて……。でも、さすがにもう同じ方法は使えないでしょうね」

「淡雪はだめだよ。ふりでも死ぬなんて」

　鳴矢は少し、険しい顔をした。

「俺は、淡雪は淡雪のまま、そばにいてほしい。こそこそ隠れて生きてほしくなんかない。俺の后で、そのあともずっと妻で、堂々と俺の隣りにいてほしいんだ。たとえそっちのが難しいことだとしても、俺は絶対そうするから」

　真剣な、でもどこか利かん気の子供のようにも見えるその表情に、淡雪は思わず、目元を緩める。

「何か妙案がありますか？」

「ん？」

「わたしは、まだ思いつかないんです。できるだけ穏便に、都へ残る方法」

「妙案っていうか……空蟬姫みたいに、はかりごとをしてっていうんじゃなく、一番いいのは、天羽家のほうが都へ戻ってきてくれることだと思う」

「……」

　これはまた、大きく出たものだ。

「たしかに一番いいかもしれませんが、一番難しい方法でもありますよね？」

「そうかな」

「天羽家には、いまのところ帰京の意思はないようですから」

「それは、どうしてだろう」

どうして帰らないのかと——あらためて考えると、そういえば、何故なのかはわからない。

天羽本家の会合を何度か『目』で見たことはある。そのとき本家では、八ノ京には帰らないという、一族の意思の確認は折に触れてなされていたが、その理由について言及されているところは見たことがないのだ。

そのとき本家の誰からも、一度も異論が出ていなかったことを考えると、一族の中ではきちんと「帰らない理由」が共有されているのかもしれない。だがそれが里の民にまで伝えられることはなかった。

里の民に共有されているのは、都へのあこがれを口にしただけで厳しく叱責されるとか、都への旅などをくわだてれば捕まって罰せられるとか、そういった、徹底して都についての関心から遠ざけようとする、天羽家からの強い圧力だ。

「里で言われているのは、七十年前に、天羽家が七家から看過できない恥辱を与えられたと……。それが具体的にどんなことなのか、天羽家は説明していません」

「こっちでは、天羽家が急に七家に難癖つけて、あっというまに出ていったってことになってる。けど、その難癖が何なのかとか、やっぱりあやふやなんだな」

鳴矢は一度天を仰いで、うーん、とうなった。

「天羽家のほうに言い分があるなら聞きたいし、それがこっちで解決できる問題なら対処するつもりもあるんだ。本当に七家に非礼があったなら、俺が王としてちゃんと謝るし」

「そこまで……」

「それでお互いがいい方向に進めるなら、そこまででもどこまででもするよ。むしろこの七十年、誰もそれをしようと思わなかったのが不思議なんだけど」

王は何人もいたのにと、眉根を寄せたまま鳴矢が首をひねる。淡雪はそんな鳴矢にわずかに目を細めた。

何人の王がいようと、鳴矢のような王は、きっと他にはいなかっただろう。

「……鳴矢」

「ん？　何？」

「天羽の側が、どういう娘を后として送り出しているか、わかりますか？」

「え。……いや、わかんないな」

「わりと単純ですよ。天羽の里に置いておくと都合の悪い娘です」

鳴矢の眉間の皺は深まったが、淡雪は微笑を浮かべた。

「天羽の女の中にだけ現れるとされている力には、天眼天耳の他に、過去を見ることができる『宿命』と、人の心を読むことができる『他心』があります。どちらの力も相手に触れなければ『術』として使えません。ですから宿命力《しゆくみようりき》は『時の手』、他心力《たしんりき》は『心の手』とも呼ばれています」

「……あったっけ、そんな力。聞いたことない……」

「宿命も他心も、天眼天耳より珍しい力です。現在の天羽の里でもわたしの知る限り二人しかいません。どちらもすでに齢《よわい》五十を過ぎた巫女です。この二人が里の娘たち全員、どの娘がどんな力を持っているか調べます。手で触れただけで過去や心を見られるのですから、ごまかしはいっさい利きません。わたしの力もすぐに見抜かれて、否応《いやおう》なく巫女の館に入れられました」

「……嘘つけないんだ」

「はい。ただ、珍しい力がなくても巫女に選り分けられる子もいますから、巫女同士では誰がどんな力を持っているかはわかりません。ですがその中で后の候補になり、実際に后として送り出されるのは、里にとって好ましくない力を持つ娘です」

淡雪は自分の目を指さして、鳴矢を上目遣いに見る。

過去の后たちが、どれほどの強さの天眼天耳力を持っていたのか。それは天羽の里に戻ってきた后たちが暮らす館の場所で、推測できるかもしれない。

里にとって都合が悪いのなら、そのまま都にいさせればいいものを、取り戻した后たちを、天羽家は里の中でもより山奥の館に置いている。そこは天羽本家の館から、最も遠い場所だった。つまり、これくらい離れていれば、少なくとも本家の館の内は探られないだろうと考えているということだ。

実際、そこはあまりに山奥すぎて、巫女の館から『目』で見ようとすると、だいぶ力を使わなければならなかったため、淡雪もほとんど覗いたことがなかった。

それほど警戒しているなら、力を持つ巫女は同じように先に山奥に隔離しておけばいいものをと思っていたこともあったが、初めから分けたら分けたで、里の民にまで力の有無が知られてしまうため、それもよくないという理由らしかった。

七家にも、同じ里の民にも——天羽家は、幾つもの隠しごとをしている。

「せっかく天羽にしかない力なのに……」

鳴矢は納得いかないと言いたげな顔をしていた。

「嫌だと思いますよ。天羽の本家も、巫女の長たちも。『鳥の目』を持つあの娘が里にいたら、わたしたちのすることをいつも見ているのかもしれない、と、常に疑わなくてはいけないんですから」

「自分たちのことを見られたくないから、后として外に出す……っていう」

「そうです。ですから、力の強さ弱さの違いはあるでしょうが、他の天羽の后たちも何かしらの『術』が使えたのではないかと、わたしは思います」

それは空蝉も例外ではないだろう。現に先ほど空蝉は、何か力を持っているのか、ではなく、何の力を持っているのか、と訊いてきた。あれは空蝉も何らかの力を持っているということだ。

「わたしは黒髪ですから、宿命や他心の力がある相手でなければ、力は持っていないとごまかせます。空蝉姫にも、何の力もないと言っておきました。ですが、おそらく空蝉姫は何かの力を持っています」

「……空蝉姫の、髪の色は？」

「榛色でした。――わたしのように、力を使って髪が黒く変わる例は、天羽の里でもほとんどないそうですので、空蝉姫の力が髪の色のとおりだとすれば、それほど強くないと思います。ただ、空蝉姫にわたしと同じ力があるかもしれないと、それは心に留めておいてください」

「わ、わかった」

鳴矢が緊張気味にうなずいた。その表情に、淡雪はさらに笑みを漏らす。

「え？　何、どうしたの？」

「いま、わたし、天羽を裏切りました」

「……えっ？」

「宿命、他心の力を持つ二人も、他人の力の有無を判別することはできても、その力がどれくらいのものかは量れません。ですから二人とも――二人だけでなく、巫女の長も天羽の家長も、おそらくわたしがこれほど内情を知っているとは、思っていないでしょう。わかっていれば、いくら自分たちのことを見られたくないからといって、これほど知りすぎているわたしを、外に出すはずがないですから」

淡雪は薄く笑い、目を伏せた。

「宿命、他心の力を持つ巫女たちの存在は、里の民にも秘密です。わたしもこの力がなければ知らなかったでしょう。天羽の中でもごく限られた者しか知らないことを、わたし、あなたに話しました。……これは明らかに、天羽にとっては裏切りです」

母が会うたび口にしていた、『目』で見たことを他言してはいけないという忠告の中には、それが見てはいけないものだったとしたら、あなたの命も危うくなる、という文言が含まれていた。いま思えば、忠告というより警告のようだ。

まるで、過去にそうやって命を落とした者がいたかのように。

「このこと以外にも、天羽には里の民にも知らされていない秘密が、おそらく幾つかあるのだと思います。わたしはすべてを見知っているわけではないはずですが、それでも人より多くの秘密を、知ってしまっているはずです。もしかしたら、それが秘密とも わからないうちに……」

目を上げ、淡雪は静かに告げる。

「知りすぎていたとしても、慣例どおりの名ばかりの后なら、天羽の秘密は守られたでしょう。……でも、わたしは、名実ともに后になります。堂々と、あなたの隣りにいるために」

手を伸ばし、少し強張った頬に触れた。鳴矢は瞬きもせず淡雪を見つめている。

「いま話した天羽の秘密をどう扱うか、それは王としてのあなたに託します。もしも今後、あなたの在位中に天羽家と対峙《たいじ》することがあれば、あなたの利益になるようにこの秘密を使ってください」

后として、堂々と王の隣りに立つ姿を、いつか天羽家の人々が目にしたら。

きっと、それだけで自分の裏切りに気づくだろう。

そのとき自分の命がどうなるか――それはわからない。

わからなくても。

「……わたし、あなたには秘密を作りません。これからは、ひとつも」

鳴矢だけは裏切らない。

逃げも隠れもせず、自分のまま、鳴矢のそばで生きるために。

「淡雪――」

一瞬だけ、鳴矢は悔しそうな、あるいは苦しいような、不思議な表情を見せた。

何か言いかけるように口を開きかけ、だがすぐに唇を引き結ぶ。

目を閉じ、再び開いて、鳴矢はようやく頬の強張りを解き、笑みを浮かべた。

「……一緒に、外を歩こう。どこへでも出かけよう」

「ええ。いつか」

「そんなに遠くないうちにね。約束」

覆いかぶさるように鳴矢の顔が近づいてくる。

唇が重なる寸前、淡雪は鳴矢の首に腕をまわした。

◇◇　◇◇　◇◇

第六十八代目の王、明道静樹の退位後の住まいである梅ノ院は、宮城東側の一坊にあり、後宮の昼殿と夜殿に匹敵する大きさの館と、舟遊びができるぐらいの池がある広大な庭を有していた。

静樹は池に面した部屋に鳴矢を迎え、大きく開け放した窓辺に置かれた椅子に座るよう勧めた。

「今日は天気がいいからね。せっかくだから、風が通るところで話をしよう」

静樹は卓をはさんだ向かいの席に腰を下ろして、庭に目をやる。その視線の先には一見武人のような大柄な庭師がいて、池の中の島に植えられた松の木の手入れをしていた。庭の見える範囲には他に誰もいない。

「今日は時間をとっていただいて、ありがとうございます」

「構わないよ。暇な隠居生活だからね」

鳴矢が軽く頭を下げると、静樹は穏やかに目を細めた。

たしか今年で三十七歳だったはずだ。落栗色の髪。柔和で思慮深そうな面持ちをしている。明道家当主である敏樹の弟だが、ぱっと見て似ているのは口元ぐらいだ。即位の儀式で初めて顔を合わせたが、私的な会話をすることはなかった。退位後の王が公の場に姿を見せることはないので、まさか二度会う機会があるとは思わなかったのだが。

「きみも退位後には橘《たちばな》ノ院に入ることが決まっているんだっけね。あと五年したら、こんな退屈な暮らしが待っているよ」

「退屈ですか」

「桃ノ院の義郷《よしさと》王はやたらに買い集めた古い物で館をいっぱいにして、藤ノ院の基海《もとみ》王は酒びたりだそうだ。二人とも忙しくはないだろうね。きみもいまから、暇つぶしの方法を考えておくといい」

「……そうします」

鳴矢は頬を引きつらせながらも、愛想笑いを返す。

そこへ梅ノ院の女官と思《おぼ》しき女が一人入ってきて、白湯の椀を静樹と鳴矢それぞれの前に置いた。鳴矢は何げなくそれを見ていたが、来客に出すにしては椀の置き方がいささか丁寧さに欠けることに気づき、顔を上げる。

色の白い、首のほっそりした女官が、これもあまり敬意を払っているとは言い難い動作でごく軽く一礼し、下がっていく。

「……」

鳴矢はさりげなく首を背後にめぐらせた。少し離れたところに、同行してきた希景が黙って立っている。目配せすると、希景は視線だけをわずかに動かして、ちょうど退出するところの女官を見た。

それらの動きには特に気を払う様子もなく、静樹は白湯を口にしつつ、また庭に、正確には庭師に目を向けている。

「……あの庭師がどうかしましたか」

鳴矢が訊くと、静樹は口の端を引き上げ、くくっと笑った。

「あれがね、どうも枝を刈りすぎている気がしてね。いつまで経っても庭仕事が下手だと思って」

「庭師なのにですか？」

「私の恋人なんだよ」

椀を卓に戻しながら、静樹はさらりと告げる。

「ああ、どうりで」

鳴矢がつぶやくと、静樹は片方の眉を上げた。

「どうりで？」

「いえ、庭師にしてはいいものを着ていると思ったもので」

「そうか。たしかにそうだね。ただの庭師には不釣り合いだったか」

静樹は声を立てて笑う。

「昔からの仲だが、王になったら庭師という名目ぐらいでしかそばに置いておけなくてね。後宮の館は女人たちのものだから」

「春殿とかには入れなかったんですか」

「さすがに無理だったね。庭師でも特例だったよ。もっとも入れたとしても、本人が嫌がっただろうけど」

笑いながらそう言って、椅子の背にもたれ——静樹はゆっくりと真顔になった。

「世間話をしにきたわけではないんだろう？　蔵人頭まで連れて」

「はい」

返事をし、鳴矢は姿勢を正して座り直す。

「空蟬姫の件です」

「……ああ」

眉根を寄せ、静樹は小さくため息をつく。

「私も報告は受けたよ。かわいそうに。結局見つからなかったそうだね」

「そのようですね」

鳴矢が静樹の表情を注意深くうかがいながら、うなずいた。

「同行していたのは、すべて梅ノ院の院司でしたね」

「前の王の院司が后を送るのが慣例だからね」

「空蟬姫は、本当に川へ落ちたんでしょうか」

「どういうこと？」

「数日前、後宮内で空蟬姫によく似た女人を見たという話がありまして」

「……」

目を見張るその顔には、驚きがよく表れていた。だがそれが偽りない表情なのかはわからない。

「川に落ちて行方知れずになったふりをして、都へ戻ってきたという可能性はありませんか」

「……私はそんな報告は受けていないよ」

これは——空蟬の帰京を明かすつもりはないということか。淡雪と尚兵の話では、当の空蝉はこそこそ隠れる様子もなく、堂々としていたらしいが。

「ほとんど話したこともないけれど、それでも一応、私の后だった人だからね。生きていてくれたら、そのほうがいいとは思うよ」

「もし——空蝉姫が生きていたら?」

「それはもちろん、あらためて天羽の里へ送り届けるよ。今度こそ安全な旅にできるように、道中もっとよく注意させてね」


「……空蝉姫を梅ノ院に置いてること、言わなかったな、静樹王」

宮城へ戻る牛車の中で、鳴矢は同乗する希景にだけ聞こえる程度の小声で言った。

立場上、王と臣下は同じ車に乗るものではないというが、このほうが密談には都合がいいため、希景は梅ノ院の門を出たところから一緒に乗っている。

ちなみに帰路としては、梅ノ院から徒歩で直接後宮の昼殿へ戻ったほうが、よほど早いはずだが、王だからという理由だけでわざわざ牛車を用意され、遠まわりをしいられていた。

「飲み物を持ってきた女官が、空蝉姫ですか」

「そうだと思う。淡雪が話してた空蝉姫の特徴にそっくりだった」

あとで淡雪に確認すれば間違いないだろう。今日梅ノ院を訪ねることは、淡雪に前もって伝えてある。たぶん『鳥の目』で見ていたはずだ。

「意図が読めませんね。当人が正体を隠さず后の前に姿を現し、そのうえ後宮の女官にも目撃されているというのに、その存在を秘するというのは」

「空蟬姫は尚兵に口止めしたらしいし、淡雪と俺がしょっちゅう逢ってるなんて知らなければ、俺たちにはまだ伝わってないと思ったのかもしれない」

「そうだとすると、静樹王は空蟬姫をかくまっていることになりますが、それで静樹王に何の得があるのかも謎です。空蟬姫が故郷へ帰ることを望まなかったとしても、その希望をかなえるため骨を折ろうと思うだけの親密さが、あの二人にあったかどうかも疑わしい」

「たしかに、俺みたいに何がなんでも后と仲よくなりたいとか思わなければ、まぁ、后のことはほっとくよな。うるさい典侍もいることだし」

鳴矢は腕を組み、眉間を皺める。

「ただの善意で空蟬姫をかくまっているだけなら、話はそこまでなのですが」

「……希景は、ただの善意とは思ってないだろ」

「善意をまったく否定するつもりはありませんが、何らかの判断を下すには、情報が少なすぎます」

希景の顔はすでに、疑問があれば追究しようとする、そのときの表情になっていた。それで鳴矢は、つい苦笑する。

「調べることばっかりで大変だな、希景」

「仕方ありません。物事はこちらの都合で動いてくれるわけではないですから」

「この件は俺も協力するよ。空蟬姫が后だったときのことなら、女官たちに訊けるだろ。後宮の中は、俺のが自由がきく」

「そうですね。在位中の静樹王と空蟬姫の様子は、女官たちならわかるでしょう」

石でも踏んだのか、車ががたりと揺れた。鳴矢は首を伸ばして、半分開けてあった物見から外をうかがう。まだ宮城の塀しか見えなかった。

「……俺が一番気になってるのは、空蟬姫が、淡雪に会いにきたことなんだ」

宮城に入る前に、希景は下車することになっているため、鳴矢は少し早口で言う。

「隠れてるつもりなら、いくら姪に会いたかったとしても、もっと何か月か経って、白帯川の件のほとぼりがさめてからでもいいと思うんだ。それをこんなに早く会いにきたって、どういうつもりなのか、とか」

「もとから后と親しかったわけではないのですか」

「ない。会うの初めてだってさ。意図が読めないって話なら、空蟬姫のほうも意図がわからない」

空蟬は淡雪に、力のことを尋ねたという。それを知る必要があったのだろうか。

……淡雪を変に巻きこむような意図なら、見逃すわけにいかないからな。

淡雪は自分に対して、秘密を作らないと言った。それは、もしも天羽家に隠された内情があればこちらに伝わるということで、つまり、たしかに天羽への裏切りだ。

天羽を裏切るとは、すなわち命をこちらに預けたということ。淡雪に、そこまでの覚悟をさせてしまったのだ。

これから自分がなすべきは、同じだけの覚悟を持ち、淡雪と、淡雪との約束を守りぬくこと。

「……わからないことってのは、気をつけなきゃいけないことなんだよな」

車輪のきしむ音にまぎれて、鳴矢は低くつぶやいた。

◇◇　　◇◇　　◇◇

鳴矢が梅ノ院から出ていったあとも、淡雪は『目』で空蟬と静樹の動向を見ていた。

鳴矢と静樹の面談中、空蟬は白湯を出しに一度部屋に入ったが、あとは隣りの部屋の壁際にある椅子に座って、眠るようにじっとしていた。

これは『目』を使っていると、淡雪は気づいた。

空蟬も天眼天耳の力を持つ者だったのだ。

だが空蟬は面談も終わりのほうになると、明らかに苦しげに肩で息をし始め、鳴矢が帰ったあとには、ぐったりと壁にもたれていた。額には汗も浮いている。

そこへ静樹が入ってきて、空蟬の様子に苦笑した。

「何もいま『術』を使わなくても、話を聞きたければあのまま部屋にいればよかったものを」

「……久しぶり、に、使ってみようと、思って……だけど、やっぱり、長い時間は、きついわ……」

切れぎれに言って、空蟬は深く息をつく。

静樹は窓辺に歩いていくと、半分だけ開いていた格子を大きく上げて外に身を乗り出した。

「──敦良《あつら》、松はそれぐらいでいいんじゃないか?」

誰に声をかけたのかと見ていると、ほどなく大柄な男が窓の下まで歩いてきた。先ほど静樹が恋人だと言っていた庭師だ。左の眉に少し目立つ切り傷の痕がある。

「もう少し刈ろうと思っていたのですが」

「充分だよ。それより菓子があるから一緒に食べよう」

「片付けてきます」

敦良と呼ばれた庭師は一礼して、庭に戻っていった。静樹はそれを見送ったあと、振り向いて窓辺にもたれ、腕を組む。空蟬はまだ少しも動いてはいなかった。

「そこまで無理しなければいけないなら、安易に力を貸してくれとは言えないね」

「……協力は、するわ」

空蟬は壁から身を起こした。呼吸は幾らか整ってきたようだ。

「都に、戻してもらったぶんは、働くわよ。……ただ、わたくしの力では、これが、限界……」

「壁を隔てた隣りの部屋の出来事を見聞きできるなら、充分に役立つけどね。天羽の誰にでもある力じゃないんだろう？」

「そうね。滅多にいないわ。……でも、わたくしの姪なら、少しは力を持っていると思ったのだけれど」

眉根を寄せ、空蟬が残念そうにつぶやく。

「それは仕方ない。淡雪姫に同じ力があって、協力が得られたとしても、後宮からは出られないのだから、結局やれることはそれほどないだろうし」

「その前に、あんなに警戒心の強い子だなんて、思わなかったわ。同じ天羽の出で、血縁もあるのに、全然打ち解ける様子がないのだもの」

一度も会ったことがないのに、天羽なら、親戚なら、それだけで信頼が得られると思っていたのか。自分とて、あれほどのことをしてまで里へ帰らずにすむようにしたのだから、さほど天羽家に信用はないのだろうに、不思議なものだ。

「それよりも、尚兵にもっと強く口止めをしておかなくてよかったのか？　鳴矢王はああ言っていたが、尚兵の報告があって、ここを訪ねてきたのかもしれない」

「大丈夫よ。兵司の真登美って、全然しゃべらない子だったから。あれで尚兵に昇格していたなんて、驚いたわ」

全然しゃべらなかったのは、おそらく空蟬を嫌っていたからだろう。空蟬のほうに好かれていない自覚はないようだが。

「わたくしのこと、鳴矢王に知られたからといって、どうということもないでしょ？　おとなしい王だって聞いたわ。ただの中継ぎだって。静樹もこちらに害がないから、あの王を指名したのじゃなかった？」

「おとなしいかどうかはわからないけど、跡継ぎの座に執着がないあたり、変わり者だと思ったよ。王より一嶺家の跡継ぎのほうが、よほどいいのにね。それをあっさり捨てたんだから、害がないのは確かだ」

跡継ぎの座を捨てた鳴矢の心の内など、静樹は知るよしもないのだから、こう言うのは仕方がないが。

家出をしたとき、王を引き受けたとき――鳴矢がどれほどの孤独の中にいたのか、知る者はいないのだ。

「それより、蔵人頭のほうが厄介だな。浮家は何にでも首を突っこんでくるからね。鳴矢王が、まさか浮家の者を蔵人頭にするとは思わなかったよ」

「わたくしのことなら、知らぬ存ぜぬで通せばいいわよ。力を持ってない淡雪に用はないのだし、もう後宮へ行くこともないわ」

話しているうちに回復してきたのか、空蟬はようやく袖口で額の汗を拭った。

「やっと外に出られたのだもの。存分にこれまでの憂さを晴らすわ」

「頼もしいね」

静樹は楽しげに笑い、だがすぐに真顔に戻る。

「これできっと近づける。……あのとき何が起きたのかに」

何もない空に向けられたその目は鋭く、だが、どこか虚《うつ》ろだった。

初めて会う姪が何らかの力を持っていたら、味方に引き入れて、自分たちの目的のためにその力を使わせる――空蟬が会いにきた理由は、これだったのだ。

あのとき話に乗っていれば、目的がわかったかもしれない。しかしそれはいまさらだ。それに話に乗るためには、自分の力のことを、その強さも含めて明かさなくてはならなかっただろう。それは危ない気がする。

淡雪は冬殿の窓から庭を眺めながら、先ほど『目』で見た空蟬と静樹の話について考えていた。

静樹は何かの目的のために空蟬の力を必要としていて、空蟬はおそらく、都に残れるように工作してもらう代わりに、静樹に力を貸すことにしたのだ。

だが、空蟬の力はあまり強くない。『目』の届く範囲はせいぜい隣室まで。長時間は使えない。そこで新しい后を仲間に引き入れようと試みたのかもしれない。

ただ、真登美を馬鹿にするあの態度に、あまり良い感じはしない。しかもどうやら鳴矢のことも、あの二人は共々、軽んじているようだった。何があったかは知らないが、いますぐ協力してもいいという気にはなれない。様子を見なければ。

淡雪は座っていた長椅子から立ち上がり、窓に寄った。四月の夕刻の空気を、深く吸いこむ。若い草花のにおいがした。

「……わたしは、鳴矢を裏切らない」

声に出すと、より強く腹が決まったように思えた。

秘密を、命を、未来を預けた。——お互いに。

もう後戻りはできない。その事実が、この風のように清々《すがすが》しかった。

◆◆　◆◆　◆◆

「大事なお預かり物でしたのに、誠に申し訳ございません。本当に何とおわびすればよいか……」

和可久沙は床に膝をつき、深々と頭を垂れている。

白髪まじりの髪をきちんと結い上げたその頭を一瞥し、男は短く息を吐いた。

「……形あるものは、いつかは壊れる」

「えっ……」

和可久沙はおそるおそる顔を上げる。

光があたると一瞬白銀のようにも見える、真っ白い髪。額にも眉間にも頬にも濃く刻まれた皺。細められた目を覆うように伸びた真っ白い眉に、いつも厳しく引き結ばれている口元を隠す、真っ白い髭《ひげ》。

どの特徴も男が相当の老年であることを物語っているのに、その眼光の鋭さは三十年以上前から変わらない。

「古い壺だ。気にするな。おまえは真面目すぎる」

「王……！」

退位して二十二年が経つというのに、男はそう呼ばれることを好んだ。そして男に心酔する和可久沙にとっても、王といえばこの男ただ一人だった。現在のあの赤髪の若造など、物の数ではない。

「もう戻れ。おまえはおまえの仕事を、忠実にこなしていればそれでよい」

「あ……ありがとうございます……！」

和可久沙は再び深く頭を下げたが、男の冷めた目は和可久沙の頭を素通りし、その背後にある開放された窓の外に向けられている。視線の先には頭と首が青く、背の羽は青緑色の大きな鳥がいて、ときおり地面をついばみつつ、広い庭をゆうゆうと歩いていた。


「……帰りましたの？　あの典侍」

和可久沙が感激の涙を流しながら退出したあと、奥の扉が開き、隣室から年のころ三十幾つかほどの、あだめいた美女が顔を覗かせた。

「帰った。あの典侍も役に立たなくなってきた。そろそろ代えどきか。……銀天磨はどうした」

「さぁ、どこへ出かけたのでしょう。また川へ釣りかしら」

「おまえは母親だろう」

「あの子だって、もう十三ですもの。いちいち母に、どこへ行くかなんて言いやしませんわ」

微苦笑を浮かべ、女は男のもとへ歩み寄ると、その座っている椅子の肘掛けに尻を乗せ、男にしなだれかかる。

「それとも、あの子を捜して呼びにいかせましょうか？」

「……まだいい」

「そうですわよね。あの子だって、母と大叔父様のこんなところを見たら、さぞ驚くはずですもの」

女は笑いながら、男の白い髭の先を軽く引っぱった。男は表情をまったく変えないまま、無言で女の衣の胸元へ手を差し入れる。

「……孔雀を見たがっているから大叔父様の館へ連れていくなんていう口実、あの子がもっと大きくなったら、使えなくなりますわね」

「口実なんぞ何でもいい。儂《わし》が顔を見せにこいと言えば、武実も止めはせんだろう」

「でも、まだ母親の付き添いがいるのかとは言いますわね、あの人」

「……放っておけ」

低い声でそう言い、男は衣の内で女の胸を強く摑んだ。女は小さく嬌声《きょうせい》を上げる。

「それより、銀天暦にはきちんと勉強させているのか。せっかく王にしても、合議でひと声も出せないようでは困るぞ」

「……それは、御心配なく。ちゃんと、しておりますわ」

でも――と、女は男の耳に赤い唇を寄せた。

「あの子が王になれば、もう、合議なんて必要なくなるのでしょう？　だって、政は何もかも、あの子が決めるのですもの」

「……いずれそうなるが、すぐにというわけにもいかん」

「すぐにしなくちゃ、あなたが安心できないでしょう」

女は男の首に腕をからめ、うっとりとつぶやく。

「楽しみですわ。わたくしの生んだ子が王になるの。……これまでの古い千和の七十代目ではない、新しい千和の、唯一の王……」

「……まだ確実となったわけではないぞ、須依《すえ》。この五年のうちに、邪魔者は間違いなく消しておかなくては」

「あなたがあの子のために、道を作ってくださるのでしょう？　ねぇ、偉大な六十五代の王、三実様……」

白い髭の陰で、男の口元がゆっくりと――笑みの形にゆがんだ。

「銀天磨のためではない。すべて儂自身のためだ。……儂の血こそが、あの神の声を実現する、唯一の王の血だ――」

―――本書のプロフィール―――

本書は書き下ろしです。

小学館文庫

王《おう》と后《きさき》

（二）秘密《ひみつ》の夜《よる》の秘密《ひみつ》

著者　深山《みやま》くのえ

二〇二二年十月十一日　初版第一刷発行

発行人　石川和男
発行所　株式会社　小学館
〒一〇一－八〇〇一
東京都千代田区一ッ橋二－三－一
電話　編集〇三－三二三〇－五六一六
販売〇三－五二八一－三五五五
印刷所――――凸版印刷株式会社

ISBN978-4-09-407184-9

恋をし恋ひば
かんなり草紙
深山くのえ
Miyama Kunoe
小学館文庫

深山くのえ
桃殿の姫、
鬼を
婿にすること
宵の巻

深山くのえ
桃殿の姫、
鬼を
婿にすること
暁の巻